Lu

Chère lectrice,

Je parierais que vous êtes sur les starting-blocks pour la grande course des préparatifs de Noël ? Et quel cadeau pour qui ? Et quel menu pour la fête ? Sans parler de la tonne de cartes de vœux qu'il vous faudra bientôt envoyer en prenant grand soin de n'oublier personne… C'est la tradition, avec ses contraintes mais aussi ses joies. Alors, entre deux séances de shopping, *Take a break in the rush !*, prenez le temps de faire une pause, de vous ménager des moments rien qu'à vous pour vous plonger dans les romans passionnants que Rouge Passion a prévus à votre intention ce mois-ci.

Et tout d'abord, puisque c'est de saison, *Les amants de Noël*, où Shep le séducteur découvre qu'une femme est bien plus qu'un beau paquet enrubanné de doré (1243) — très jolie surprise… Une autre histoire auréolée du charme de Noël vous transportera dans le monde de Maggie qui attend l'Amour (*La reine de la fête*, 1245)… Touchante et (diablement) romantique, Colombe a *Mieux que les mots* à offrir à Jonathan : saura-t-il apprécier la jeune femme comme elle le mérite (1244) ?… *Une inexplicable attirance* pousse Adam et Jane l'un vers l'autre ; pourtant, ils sont si différents, apparemment. Avez-vous déjà connu pareille situation (1246) ?… Faith est convaincue d'une chose : si Stone prétend ne l'avoir épousée que pour des raisons pratiques, il a éprouvé la même émotion qu'elle lorsqu'ils se sont embrassés devant l'autel. Et elle ne veut *Pas d'autre que lui* (1247). Reste à amener Stone à lui ouvrir son cœur… « Je t'aimerai toujours », avait chuchoté Gray à Nikki — et à l'époque elle l'avait cru. Mais il l'a abandonnée. Et lorsqu'il revient, Nikki, prise au piège du *Feu du souvenir*, se demande de quoi seront faites les semaines à venir (1248)…

ponsable de collection

HARLEQUIN

Ce mois-ci

COLLECTION Rouge Passion

Coffret
"3 romans pour le prix de 2"

Ne manquez pas notre coffret "3 romans pour le prix de 2", composé de 2 romans inédits de la collection Rouge Passion, ainsi que d'un roman de la collection *Les Historiques*, spécialement réédité pour vous et gracieusement offert.

Les amants de Noël

JACKIE MERRITT

Les amants de Noël

COLLECTION ROUGE PASSION

*Cet ouvrage a été publié en langue anglaise
sous le titre :*
MONTANA CHRISTMAS

Traduction française de
SYLVETTE GUIRAUD

HARLEQUIN®

est une marque déposée du Groupe Harlequin
et Rouge Passion® est une marque déposée d'Harlequin S.A.

Originally published by SILHOUETTE BOOKS,
division of Harlequin Enterprises Ltd.
Toronto, Canada

Illustration de couverture
© MICHAËL KELLER / CORBIS

1.

Jamais Andrea Dillon n'avait vu autant de neige. Par cette matinée venteuse de décembre, la petite ville de Rocky Ford, dans le Montana, ressemblait tout à fait à une ravissante carte postale. Une couche de neige de plus de deux mètres étincelait sous le clair soleil, qui brillait dans un ciel si bleu qu'Andrea sentit ses yeux se remplir de larmes. Elle chaussa ses lunettes noires pour échapper à l'intense réverbération et, dans sa tenue bien chaude, se mit en devoir de dégager son allée.

L'air froid et revigorant lui colorait les joues et de sa bouche s'exhalaient de petits nuages vaporeux. Dire, songea-t-elle avec un sourire ironique, que cette longue allée avait été un élément déterminant dans la location de sa maison ? C'était la première vraie chute de neige depuis son emménagement au cours de l'été dernier, et elle allait avoir fort à faire avec sa pelle, pour déneiger l'allée et pouvoir ainsi sortir sa voiture dans la rue. N'empêche que le fait d'être dehors par une journée aussi incroyable était quelque chose de merveilleux. La pelouse, devant la maison, paraissait aussi lisse qu'une feuille de papier. Chaque buisson, chaque arbuste était encapuchonné de neige. Chaque branche, chaque rameau des arbres dépouillés de leurs feuilles était artistement drapé d'un manteau de neige scintillante. Quant au toit de la maison, on aurait dit que quelqu'un l'avait enrobé de givre blanc.

Il en était de même du toit de Lucas Wilde, remarqua Andrea. Et elle jeta un coup d'œil affectueux sur la seule habitation qu'elle pouvait apercevoir depuis son allée, dans un voisinage au demeurant très peu peuplé. La soixantaine passée, Lucas était son meilleur ami. Et même son seul ami, corrigea-t-elle rapidement. Elle poussa un léger soupir et reprit son travail.

— Bonjour Andrea.

Andrea reconnut aussitôt la voix de Lucas et se retourna vivement. Le sourire aux lèvres, elle le regarda venir vers elle, une pelle à la main.

— Bonjour, Lucas. N'est-ce pas une matinée splendide ?

Le rire sonore de Lucas s'éleva.

— Oui, si vous aimez pelleter la neige ! J'ai déjà nettoyé mon allée et les trottoirs, et maintenant, je viens vous donner un coup de main.

— Ce n'est pas nécessaire, voyons.

Il eut un large sourire.

— Bien sûr que non. Une grande fille robuste comme vous pourrait manier sa pelle pendant trois jours sans souffler !

Andrea ne put se retenir de rire. Avec son mètre soixante et ses cinquante-quatre kilos, elle n'avait rien d'« une grande fille robuste ».

— Je ne suis peut-être pas bien grande, rétorqua-t-elle hardiment, mais je suis forte.

A son tour, Lucas se mit à rire. Comparée à son mètre quatre-vingt-six et à ses cent huit kilos, Andrea n'était qu'une petite plume et sa prétention à la force physique l'amusait beaucoup.

— Et combien de fois vous est-il déjà arrivé de déblayer de la neige ? demanda-t-il. Je parie que c'est votre première fois ?

— Bon, d'accord. Cela ne m'était jamais arrivé. Mais ça me plaît beaucoup. Dites, Lucas, puisque vous avez déjà nettoyé devant chez vous, vous devez sans doute vous sentir fatigué ? Alors, n'en faites pas trop en voulant m'aider.

Il arrivait parfois à Andrea de se faire du souci pour lui. L'homme avait probablement vingt kilos de trop et elle ne tenait pas du tout à ce qu'il ait une crise cardiaque en déneigeant son allée, songea-t-elle. Elle ne pourrait jamais se le pardonner.

— Pour votre gouverne, jeune femme, sachez que je ne me sens pas fatigué et que je ne suis pas du tout prêt à rentrer. Je vais travailler encore un peu.

Abandonnant la polémique, elle planta sa pelle dans la neige et se remit au travail.

— Vous avez entendu la tempête cette nuit ?

— Et comment ! J'ai cru un moment que le vent allait emporter le toit.

— C'était tellement agréable à entendre. Quand il y a de la tempête la nuit, je me sens en sécurité au fond de mon lit.

— Oui, c'est bien, c'est vrai. On pense à sa chance d'avoir un bon lit bien chaud, une maison douillette, et suffisamment de sécurité financière pour ne pas avoir à toujours s'inquiéter. Mais tout le monde n'a pas cette chance.

Andrea se rembrunit un peu.

— Exact, reconnut-elle, sachant que sa propre tranquillité matérielle n'était pas due à ses efforts personnels…

Penchée sur sa pelle, elle travaillait à un rythme rapide, tandis que ses pensées s'envolaient vers sa mère. Sandra était morte en février dernier, laissant sa fille seule bénéficiaire de ses biens. Peu après l'enterrement, Andrea avait eu accès aux papiers personnels de sa mère ; ainsi avait commencé la série d'événements qui avaient changé le cours de son existence. Obscure exécutante, jusqu'à présent, dans l'élaboration du fameux *Los Angeles Times*, Andrea n'en nourrissait pas moins un vieux rêve de réussite journalistique. Mais, au fur et à mesure qu'elle mettait de l'ordre dans les papiers de Sandra, l'importance des informations dont elle prenait connaissance lui avait sauté aux yeux, et provoqué en elle un véritable choc. Bien plus même que la brutale disparition de sa mère.

Toute sa vie, en effet, elle avait cru que son père était Harry Dillon, l'homme dont le nom figurait sur son acte de naissance. Hélas, Harry Dillon était resté un total mystère pour elle. Chaque fois qu'Andrea avait soulevé la question, Sandra l'avait éludée d'un geste. Comme s'il n'était pas important que le père de sa fille ne vienne jamais la voir, ne téléphone jamais, ne lui envoie jamais de carte d'anniversaire ! Or, du fait de certains documents trouvés dans les dossiers de sa mère, Andrea avait au contraire jugé essentiel de faire la connaissance de son père. Elle avait donc chargé un détective privé de rechercher Harry Dillon, ce qui avait été incroyablement facile. Après quoi, elle lui avait rendu visite.

C'était un homme chaleureux, remarié depuis de nombreuses années, et père d'enfants adultes. Après quelques tâtonnements et s'être expliquée sur sa curiosité, Andrea avait enfin pris connaissance de certains éléments de sa propre vie.

— Votre mère était enceinte de vous au moment de notre mariage, Andrea, avait expliqué Harry. Elle l'était déjà lors du voyage qu'elle avait entrepris au Nevada pour obtenir un rapide divorce d'avec votre véritable père. Il s'appelait Charles Fanon. Non, je n'ai aucune idée de l'endroit où vous pourriez le retrouver. Voyez-vous, j'étais d'accord pour vous reconnaître comme ma véritable fille. A l'époque, j'étais si totalement épris de Sandra que j'aurais accédé à toutes ses exigences.

Harry avait souri avec amertume.

— Seulement, elle ne m'a jamais aimé, et elle l'a prouvé en me quittant avant même votre premier anniversaire. Je suis désolé que vous ayez grandi dans l'idée que votre père ne vous désirait pas, mais, pour vous dire la vérité, Sandra n'aurait jamais permis que nous ayons le moindre contact. Apparemment, quand elle en avait fini avec un homme, le chapitre était définitivement clos.

Les souvenirs personnels d'Andrea avaient confirmé les propos de Harry. En comptant Charles A. Fanon — elle avait en main les documents qui attestaient leur divorce —, Sandra s'était mariée cinq fois. Et c'était exact : lorsqu'elle en avait terminé avec un homme, il n'était même plus question de lui parler au téléphone. Autre point important, les trois derniers maris de Sandra avaient été des hommes riches. Donc, supposait Andrea, si sa mère avait épousé Harry, c'était uniquement pour légitimer l'enfant à naître d'un simple agriculteur. En dépit de ses nombreux faux-pas et écarts de conduite, Sandra avait possédé un sens inné des convenances. En fait, même lorsqu'elle papillonnait d'un homme à un autre — elle ne les avait quand même pas tous épousés ? — on aurait eu mauvaise grâce à l'étiqueter autrement que comme une *dame*.

Quoi qu'il en soit, la même agence de détectives qui avait localisé Harry avait réussi à retrouver la trace de Charles Fanon à Rocky Ford, dans le Montana. Andrea avait alors abandonné son emploi, quitté la très jolie maison de sa mère qui désormais lui appartenait, et fait le voyage jusqu'à Rocky Ford, dans l'intention affirmée d'affronter M. Fanon. Une fois arrivée, cependant, son courage l'avait désertée et, au bout de sept mois, elle atermoyait toujours.

A certains moments, elle était furieuse contre elle-même de remettre constamment à plus tard une chose qu'elle savait devoir accomplir. A d'autres, elle justifiait sa lâcheté en se concentrant sur ce qu'elle avait appris au sujet de Charles, ou plutôt Charlie, comme on l'appelait ici, à Rocky Ford. D'abord, elle n'était pas sa seule parente. Il avait une fille, Serena Holden, et une nièce, Lola Sheridan. Il avait également eu un fils, Ronald, mort à l'armée. Sa veuve, Candace, et leur jeune fils Ronnie avaient vécu avec Charlie jusqu'au remariage de Candace. Burke Mallory, son nouvel époux, élevait maintenant du bétail, mais il avait autrefois fait partie de la police. Lorsque Andrea s'était installée à Rocky Ford, l'ex-inspecteur n'avait pas eu besoin de beaucoup de temps pour découvrir sa véritable identité. La jeune femme en avait été extrêmement perturbée, mais Burke lui avait promis le silence et elle en avait conçu pour lui un immense respect. Elle se réjouissait quand même de savoir que le ranch de Burke se trouvait à plus de cent kilomètres de la ville : cela éliminait pas mal de possibilités de rencontres.

Charlie, lui, vivait seul dans sa grande vieille maison de Foxworth Street depuis le mariage de Candace et de Burke. Andrea se demandait souvent s'il se sentait solitaire maintenant, bien qu'il eût ouvert un café en façade de sa maison, histoire de garder une activité. Tous les soirs, juste avant de s'endormir, Andrea s'imaginait entrant dans le café et se faisant connaître. « Bonjour, Charlie ? Je suis Andrea Dillon, votre seconde fille, et donc votre troisième enfant. » Et lorsque, enfin, elle s'endormait, c'était toujours avec une sensation de nausée provoquée par son fantasme.

Eh bien justement, se prenait-elle à penser, peut-être que tout ceci n'était qu'un fantasme ? Si Charlie n'avait pas désiré un troisième enfant à l'époque où lui et Sandra avaient divorcé, pourquoi en serait-il autrement aujourd'hui ? Pourquoi, se demandait-elle encore, était-elle aussi déterminée à découvrir la vérité et en même temps trop effrayée pour le faire ? Pourquoi, au juste, avait-elle peur ? Elle n'avait rien ressenti de tel, après tout, lorsqu'elle avait appelé Harry. En fait, le mot prudence convenait peut-être mieux à ce qu'elle ressentait profondément. Seulement, si elle ne devait jamais avoir le cran de l'affronter, pour quelle raison s'obstinait-elle à séjourner dans cette petite ville du Montana ?

Des questions, songeait Andrea, qui n'étaient pas neuves. Elle se les posait depuis des mois, sans être capable d'en découvrir les réponses. Elle en avait quand même résolue une, celle qui avait trait à son séjour prolongé à Rocky Ford. Pour la première fois de sa vie en effet, elle plantait des racines. Sandra avait déménagé tant de fois tout autour de la Californie qu'Andrea ne s'était jamais sentie attachée à aucun endroit. Ici, au sein de cette petite ville provinciale sans prétention, elle découvrait enfin un sentiment serein d'appartenance.

Malgré tout, elle n'était pas entièrement satisfaite. Il y avait bien sûr la question de Charlie, constamment à son esprit. Mais elle savait également que le fait d'apprécier une petite ville ne représentait pas une raison suffisante pour y vivre plus longtemps que nécessaire cette existence sans but. Un job ferait des merveilles sûrement, pour apaiser les crises de déprime dont elle souffrait souvent. Il la fatiguerait aussi suffisamment pour lui faire passer de meilleures nuits. En dernier ressort, elle aurait au moins quelque chose à quoi penser en dehors de la famille Fanon.

Lucas interrompit brusquement ses sombres pensées.

— Vous êtes prête pour Noël, Andrea ? Ce n'est plus très loin, maintenant !

Andrea planta sa pelle dans la neige et s'appuya dessus. Elle n'était ni prête pour Noël ni enthousiasmée par l'approche des fêtes. Les yeux posés sur le visage agréable et rougi par le froid de Lucas, elle se demanda comment lui répondre. Il ne savait à peu près rien d'elle. Juste quelques bribes par-ci par-là et, bien sûr, la mort récente de sa mère. Andrea s'accrocha à cette pensée.

— Avec le décès de ma mère, je dois dire, Lucas, que je ne me sens guère le cœur à faire la fête.

Lucas cessa de creuser et manifesta son embarras en s'éclair-cissant la gorge.

— Oh, bien sûr ! Je n'aurais même pas dû en parler.

Un sentiment de culpabilité s'empara brusquement d'Andrea. Au cours de son enfance, Sandra avait rarement passé Noël avec elle. Elle préférait partir aux Bahamas, aux Bermudes, ou dans n'importe quel lieu élégant et ensoleillé, avec un homme ou un autre. Les Noëls d'Andrea s'étaient donc généralement passés avec certains des amis de sa mère ou avec des domestiques. Plus tard, elle avait choisi elle-même ses propres amis pour célébrer l'événement. La vérité était que Noël ne la passionnait simplement pas, aujourd'hui comme hier.

Seulement, Lucas paraissait y attacher beaucoup d'importance et lui aussi était seul. Son unique rejeton, un fils, chirurgien plasticien brillant et extrêmement réputé, vivait à Los Angeles. Aux dires de Lucas, il avait fait un heureux mariage, et était beaucoup trop occupé pour venir passer les fêtes à la maison.

— Avez-vous des projets pour Noël, Lucas, demanda soudain Andrea.

Le regard de son voisin se perdit au loin.

— Oh, je ferai probablement comme d'habitude un petit tour chez quelques amis.

— Aimeriez-vous venir dîner avec moi ?

Il tourna la tête vers elle.

— Je ne voudrais pas m'imposer, Andrea.

— Au contraire, vous me feriez une faveur. J'avais prévu de faire cuire une dinde avec tout ce qui va avec, et la perspective de la manger seule ne me paraissait pas très drôle.

En réalité, Andrea n'avait rien prévu de tel, mais dès que les mots lui furent sortis de la bouche, elle eut l'impression que l'idée était la meilleure qu'elle ait eue depuis longtemps.

Un large sourire fendit soudain le visage de Lucas.

— Si vous voyez les choses ainsi, alors c'est oui. J'adorerais passer Noël avec vous. Et merci de m'inviter.

A son tour, Andrea lui sourit.

— Je vous en prie. Dites donc, vous savez quoi ? Tout d'un coup, je suis impatiente de voir arriver Noël !

Et c'était vrai, réalisa-t-elle, et elle sourit de nouveau en reprenant sa pelle. Elle pourrait même acheter un cadeau à Lucas. Rien qui puisse l'embarrasser bien sûr, car lui-même avait sans doute peu à offrir. Mais juste un petit quelque chose pour mettre sous l'arbre.

Un arbre ? s'étonna-t-elle. Décidément, elle commençait à s'imprégner de l'esprit de Noël ! Eh bien, pourquoi pas un arbre, après tout ? Lucas et elle passeraient ainsi une bonne journée ensemble, et ni l'un ni l'autre ne se sentirait plus seul ou découragé. Songeant soudain au fils de Lucas, le Dr Shepler Wilde, trop occupé pour venir voir son père vieillissant, elle eut un petit reniflement de dédain. L'homme était probablement centré sur lui-même et dénué

14

de délicatesse. Un snob ! Oui, même si cela ne compensait pas vraiment la négligence de son fils, peut-être bien qu'elle pourrait offrir à Lucas un joyeux Noël.

Vers le soir, Andrea dut reconnaître qu'elle attendait réellement ce jour avec impatience. Au moins, ses projets de réveillon écartèrent-ils momentanément les Fanon de son esprit. Prête pour se coucher, ses cheveux auburn encore humides de la douche, elle se pelotonna en chemise de nuit et peignoir dans son fauteuil favori. Un bloc et un stylo à la main, elle commença à faire sa liste de courses. Même si elle ne les faisait pas avant une semaine ou deux, l'idée de tout organiser à l'avance lui plaisait.

La liste s'allongea rapidement, mais au bout d'un moment elle dût s'arrêter pour réfléchir. Son regard erra autour du confortable living et finit par s'arrêter sur un carnet à couverture noire, rangé dans une petite bibliothèque avec une douzaine de livres lus depuis son arrivée à Rocky Ford. Tout ce qu'elle savait de la famille Fanon figurait à l'intérieur du carnet. Elle y avait consigné à la main ses propres notes, décrit ses observations personnelles et agrafé tous les articles relatifs aux Fanon qu'elle avait pu trouver dans le *Rocky Ford News*. Le dernier en date concernait le mariage de Candace Fanon avec Burke Mallory. Burke l'y avait même invitée, mais, malgré son grand désir de s'y rendre, elle avait préféré s'abstenir. Elle ne savait que trop bien que Burke saurait qu'elle était là pour espionner sa famille, comme cela lui était déjà arrivé plusieurs fois auparavant, incognito, perdue dans la foule.

Ce carnet la perturbait, car il lui rappelait crûment qu'elle n'était pas l'une d'entre eux. Pourtant, elle ne parvenait pas à s'en débarrasser. C'était le document qui contenait le plus de détails sur sa vie entière. Le détruire serait comme se détruire elle-même.

Envahie par un profond sentiment de malaise, Andrea soupira, puis s'obligea à se concentrer sur le réveillon de Noël.

Pour quelqu'un qui, au départ, avait essayé d'ignorer la période des fêtes, Andrea s'y immergea totalement et même avec bonheur. Elle acheta un cadeau pour Lucas et prit plaisir à admirer les décorations que la ville avait mises en place. Partout, on entendait des chants de Noël et les vitrines des magasins scintillaient d'articles multicolores.

Sur une impulsion, elle entra dans un drugstore et passa une heure à acheter des cartes de Noël pour les amis qu'elle avait laissés derrière elle en Californie. Partir sans même un au revoir ne l'avait pas dérangée. A ce moment-là; elle avait l'esprit trop plein du chagrin provoqué par le décès de sa mère. Mais, rétrospectivement, son départ hâtif lui paraissait assez grossier, surtout en ce qui concernait Hale Jackson, l'homme avec qui elle était sortie à quelques occasions. Certes, leur relation n'avait rien de sérieux. Hale aspirait à devenir acteur. Imbu de lui-même comme ses pairs, il était trop absorbé par sa carrière pour donner la priorité à aucune femme. Mais il connaissait des tas de gens et il était de bonne compagnie. Andrea lui choisit donc une carte particulièrement jolie. Elle fit aussi des emplettes d'articles de décoration pour l'arbre qu'elle avait l'intention d'aller chercher lorsqu'elle en aurait fini avec ses autres achats.

Elle fut surprise, quelques minutes plus tard, lorsque, passant devant la boutique de prêt-à-porter Western pour hommes, elle aperçut parmi les décorations de Noël une pancarte qui indiquait un changement de propriétaire.

Lola Sheridan, la nièce de Charlie Fanon, avait donc dû vendre sa boutique, songea Andrea, les sourcils légèrement froncés. Les changements qui intervenaient souvent chez les Fanon n'auraient pas dû troubler la paix de son esprit, mais y réussissaient quand même. La famille Fanon semblait très unie. Peut-être était-ce la raison pour laquelle Andrea ne parvenait pas à s'y infiltrer et à se proclamer fièrement comme l'une des leurs ? La vérité, aussi amère fût-elle, était qu'Andrea se considérait comme une lamentable loque dès qu'il s'agissait de Charlie. Elle souffrait aussi, parce qu'elle désirait vraiment rencontrer ce père qu'elle n'avait jamais connu. Elle désirait tant qu'il lui ouvre son cœur et qu'il l'accueille au sein de sa famille ! Seulement, le voudrait-il ?

Andrea déglutit pour dissiper le nœud qui s'était formé dans sa gorge. Elle dépassa la boutique et regagna sa voiture parquée au bas de la rue. Mais, se dit-elle résolument, il n'était pas question de se précipiter chez elle pour y lécher ses plaies, comme elle l'avait fait si souvent durant les derniers mois. Le menton fièrement redressé, elle roula jusqu'au prochain parking où quelqu'un vendait des sapins de Noël.

La neige était tombée et avait fondu à plusieurs reprises depuis la première tempête, et le jardin d'Andrea était inégalement damé de plaques de neige ancienne et de terre nue. Aussi fut-elle ravie, la veille de Noël, de voir les flocons se remettre à tomber doucement.

A midi, tout était déjà prêt pour le repas prévu pour 13 heures. Andrea avait informé Lucas qu'ils déjeuneraient tôt, regarderaient de vieux films à la télé, car elle savait qu'il les appréciait, et qu'ensuite, ils dîneraient avec les restes et des sandwichs à la dinde. Son programme avait paru enthousiasmer Lucas et maintenant, Andrea attendait d'une minute à l'autre qu'il frappe à sa porte. Elle avait choisi de s'habiller pour la circonstance, et revêtu une robe d'un superbe vert émeraude avec les escarpins assortis. Cette couleur, elle le savait, faisait paraître ses yeux plus verts que gris et ressortir le reflet roux dans l'auburn foncé de ses cheveux. Des bijoux en or complétaient sa toilette. Satisfaite de son allure, elle bricola ça et là dans la cuisine, à l'affût du coup de sonnette annonçant l'arrivée de Lucas.

Quand le téléphone sonna, à midi et quart, elle sursauta violemment tant l'événement était rare. En dehors de Lucas, en effet, personne à Rocky Ford ne possédait son numéro car elle avait demandé à être inscrite sur la liste rouge.

— Encore un de ces ennuyeux représentants, sans doute, marmonna-t-elle en allant décrocher le combiné avec un « allô ? » réfrigérant.

— Andrea ? C'est Lucas. Euh… il est arrivé quelque chose, dit Lucas avec un petit rire nerveux.

Andrea sentit son cœur se serrer. Non, il n'allait quand même pas lui fausser compagnie ? La dinde cuisait dans le four et répandait dans la maison une délicieuse odeur, de même que les autres plats qu'elle avait préparés. Et puis, l'arbre était tellement joli, avec ses lumières qui clignotaient et ses guirlandes ! Elle était maintenant fin prête à célébrer dignement un vrai Noël, et voilà que la déception plantait déjà ses griffes en elle.

— Qu'est-ce qui ne va pas, Lucas ?

Elle se forçait à parler normalement, mais elle avait si peur qu'il n'annule sa venue, que sa voix lui parut lugubre. Aussi s'obligea-t-elle à ajouter d'un ton plus ferme :

— Que se passe-t-il, Lucas ? Tout va bien ?

— Oui, mon petit, il ne s'agit pas de moi, mais de Shep.

« *Shep* » ? De qui ou de quoi parlait-il donc ?

— Je ne comprends pas, Lucas.

— Shep, Andrea. Mon fils ! Il est arrivé il y a une demi-heure. Nous venons de décharger ses affaires. J'ai eu une de ces surprises à le voir là, en ouvrant ma porte ! Mais… eh bien, je suis un peu gêné maintenant… je veux dire… vous attendiez un invité et…

Andrea l'interrompit. Un énorme sentiment de soulagement lui coupait presque le souffle.

— Lucas, voyons, j'ai suffisamment à manger pour dix personnes ! Je vous en prie, amenez votre fils avec vous !

— Vous êtes tellement gentille, Andrea ! J'espérais et j'étais certain que vous me diriez cela. Mais j'ignore si Shep sera d'accord. Je vous appelle de ma chambre pendant qu'il défait ses bagages.

18

Sa voiture était chargée jusqu'au toit. Vous savez, il est venu sans sa femme. Je devrais dire son ex-femme…

Une note de tristesse s'était soudain glissée dans la voix de Lucas.

— Ils ont divorcé, Andrea, et Shep n'a pas l'air très heureux.

— Oh, mon Dieu, murmura Andrea d'un ton compatissant. C'est arrivé très vite, n'est-ce pas ?

— Apparemment pas. Shep ne m'avait tout simplement pas parlé de leurs problèmes. Je croyais que tout allait bien pour eux. Je ne sais toujours pas ce qui s'est passé, mais, comme je vous l'ai dit, il n'est là que depuis une demi-heure. Enfin, vous êtes certaine que je peux l'amener ?

— Bien entendu ! Je vais mettre un couvert supplémentaire, Lucas. Faites votre possible pour persuader Shep de venir et, de mon côté, je m'efforcerai de le mettre à son aise.

— Merci, Andrea. Vous êtes un ange !

Andrea raccrocha et réalisa en même temps que Lucas ne lui avait pas dit s'il viendrait quand même dans le cas où Shep refuserait de l'accompagner. Envahie par un sentiment d'impuissance, elle regarda autour d'elle la cuisine, petite mais très fonctionnelle. La maison était meublée lorsqu'elle l'avait louée, mais elle y avait apporté quelques plaisantes touches personnelles. Aujourd'hui, le plan de travail était surchargé de nourriture, de même que le réfrigérateur. Andrea se dit qu'elle avait à peine exagéré lorsqu'elle avait affirmé à Lucas qu'elle avait au moins à manger pour dix ! Et s'il ne venait pas l'aider à s'y attaquer… ? Un sentiment de rancune envers un homme qu'elle ne connaissait nullement l'assaillit. Il était naturel, certes, que Lucas fût ravi de revoir son fils, mais elle trouvait très inconsidéré de la part du Dr Shepler Wilde de débouler ainsi sans prendre la peine d'avertir son père, juste le jour de Noël. Il aurait pu au moins s'arrêter en route pour lui téléphoner et lui faire part de son arrivée ! D'ailleurs, puisque ses ennuis conjugaux ne dataient pas d'hier, il aurait également dû depuis longtemps en toucher un mot à Lucas. Il devait être exactement le genre d'homme qu'elle avait déjà imaginé : un pauvre type arrogant et centré sur lui-même. Mais doté d'un père tellement merveilleux ! Andrea pinça les lèvres. Dire qu'elle-même soupirait si fort, et depuis si longtemps, après son propre père, et que ce Shep Wilde traitait le sien comme un chien ! Vraiment, la vie était injuste !

En tout cas, elle n'avait pour l'instant pas d'autre choix que de terminer ses préparatifs. Il fallait encore s'occuper de la purée et de la sauce. Si Lucas venait, ce serait splendide. S'il ne venait pas…

— Joyeux Noël marmonna-t-elle en se mettant à l'ouvrage.

Durant quelques minutes, elle fut tentée de s'apitoyer sur son sort, avant de se ressaisir. Elle n'en mourrait pas si elle dînait seule et regardait de vieux films. Peut-être même pourrait-elle faire ensuite une petite balade dans le jardin que d'énormes flocons duveteux transformaient une fois de plus en un féerique paysage hivernal ?

Andrea gagna le living d'un pas décidé, glissa un CD dans le lecteur et haussa le volume du son avant de retourner à la cuisine. Après tout, si elle n'avait pas été aussi poltronne, elle aurait pu passer Noël avec Charlie et le reste de la famille Fanon ! Elle avait sans doute bien mérité de manger seule.

Plongée dans ses réflexions, elle sursauta en entendant frapper à la porte de derrière. « Lucas », se dit-elle, avec un sentiment de soulagement et d'excitation. Finalement, il était venu. Que son fils l'accompagne ou non était sans importance. Lucas était là, c'était tout ce qui comptait. Elle se précipita vers la porte et l'ouvrit toute grande.

Lucas était bien là, et il n'était pas seul. Juste derrière lui se tenait l'homme le plus séduisant qu'Andrea ait jamais rencontré. Elle l'évalua rapidement du regard. Aussi grand que son père, le Dr Shepler Wilde était mince là où son géniteur était lourd. De larges épaules, moulées dans une veste de cuir noir. De longues jambes dans un jean délavé. Un sweater blanc à col roulé. Une peau naturellement mate, une bouche bien dessinée, très sexy. Le menton était ferme, les pommettes hautes. Des yeux sombres à l'expression maussade et d'épais cheveux noirs joliment parsemés de flocons blancs complétaient l'ensemble.

Andrea avala nerveusement sa salive avec l'impression subite de se conduire comme une bécasse.

— Entrez donc avant de vous transformer en bonshommes de neige !

Elle recula et leur tint la porte pour les laisser passer. Lucas sourit avec fierté.

— Andrea, voici mon fils, le Dr Shepler Wilde. Shep, Melle Andrea Dillon.

Andrea tendit la main.

— Très heureuse de faire votre connaissance.

La main de Shep s'enroula autour de la sienne et lui provoqua une décharge électrique inattendue.

— Très aimable à vous de m'accueillir, déclara-t-il avec une ombre de sourire.

Sa froideur était tellement surprenante qu'Andrea en rougit. Elle lui retira rapidement sa main.

— Donnez-moi vos vestes. Je vais les mettre dans la penderie.

Les deux hommes obtempérèrent et Andrea les entraîna vers le living-room sur le devant de la maison.

— Votre sapin est très beau, remarqua Lucas. N'est-ce pas, Shep ?

— Très joli, admit Shep.

— Asseyez-vous, je vous en prie, dit Andrea. Le déjeuner sera prêt d'ici une dizaine de minutes. Installez-vous confortablement pendant que je termine.

Il y avait du vin pour le repas, songea-t-elle un peu ennuyée, mais aucun alcool pour l'apéritif. Si le Dr Shep Wilde avait envie d'un verre, elle n'avait rien à lui offrir. Il lui faudrait se contenter d'un bon fauteuil, de la vue sur un arbre et de la jolie musique des CD.

Avec un faible sourire, elle se hâta vers la cuisine. Son cœur battait la chamade. Seigneur ! songea-t-elle, furieuse de la réaction physique que provoquait en elle la simple vision d'un homme. D'autant plus qu'il n'avait rien manifesté de tel à son égard... Mais il était divorcé et malheureux. Quelle sorte de personne serait-il s'il pouvait oublier sa peine en l'espace de deux minutes, juste parce qu'une autre femme faisait irruption dans sa vie ?

Posant ses deux mains sur le rebord du plan de travail, Andrea pencha la tête en avant. Tout ceci était ridicule. Il fallait absolument calmer son pouls qui courait trop vite, et se conduire en être humain intelligent. Pourtant, elle n'avait encore jamais ressenti avec aucun autre homme l'effet que lui avait produit la poignée de main de Shep Wilde. Au cours de ces quelques secondes, son corps entier avait été parcouru par une sorte de courant électrique qui ne disparaissait pas aussi vite qu'elle l'aurait souhaité. Comme elle relevait la tête pour fixer la neige qui tombait toujours au dehors, elle plissa légèrement les paupières. Comment avait-elle pu éprouver un tel choc sans qu'il en soit de même pour lui ?

Elle soupira. Elle avait bien besoin de tomber amoureuse de quelqu'un pour qui elle restait invisible ! Secouant la tête, elle se mit en devoir de préparer la purée.

2.

La dinde était moelleuse à souhait, la sauce riche et veloutée et les autres plats accompagnaient parfaitement la volaille. Durant tout le dîner, Lucas ne put assez complimenter Andrea. Elle le remercia aimablement, se souvenant qu'à son arrivée à Rocky Ford, elle savait tout juste faire bouillir de l'eau. En fait, elle avait appris à cuisiner pour passer le temps jusqu'au moment où elle se sentirait enfin capable d'aborder Charlie Fanon. En tout cas, elle devait le reconnaître, le repas était vraiment délicieux et Lucas, qui mangeait de bon cœur, avait déjà rempli deux fois son assiette. De son côté, Shep semblait chipoter, comme s'il n'avait pas vraiment faim et faisait simplement preuve de politesse. Aussi, lorsque Andrea proposa de servir le dessert, les deux hommes refusèrent d'une même voix.

— Nous le prendrons plus tard, alors, déclara leur hôtesse d'un ton faussement enjoué.

Il lui avait été impossible, en effet, de ne pas remarquer l'attitude de Shep Wilde au cours du repas. Il était resté assis au bord de sa chaise, tandis que son père parlait d'abondance et qu'Andrea faisait de son mieux pour faire rebondir la conversation. La voix de Shep, les rares fois où il avait ouvert la bouche en la regardant droit dans les yeux, lui avait réellement donné la chair de poule.

Andrea réalisa tout à coup que ses invités attendaient ses directives. Elle se leva avec un sourire.

— Pourquoi ne pas aller vous installer confortablement dans le living pendant que je débarrasse ? proposa-t-elle. Je n'en n'ai que pour quelques minutes.

Lucas repoussa sa chaise.

— Je vais vous aider, jeune femme. Et inutile de discuter. Shep, va te détendre un peu dans le living. Andrea et moi aurons tout remis en ordre d'ici dix minutes.

Le regard de Shep se tourna vers leur hôtesse. Elle guettait sa décision avec une expression d'attente, et il sentit quelque chose le titiller. La même chose s'était produite à la minute où ses yeux s'étaient posés sur cette femme et, du reste, tout au long du repas. Lorsque son père lui avait dit, un peu plus tôt, qu'il l'emmenait dîner chez une voisine, Shep s'était imaginé avoir affaire à une personne de l'âge de Lucas. Mais c'était Noël, et qu'il n'avait pas vu son père depuis longtemps. Puis, quand la porte d'Andrea s'était ouverte, quelque chose s'était réveillé en lui.

Mlle Andrea Dillon était jeune, belle, divinement habillée et plus sexy qu'aucune autre femme parmi ses relations. Beaucoup plus, même, parce qu'il n'avait pensé qu'à *ça* pendant tout le repas ! Non qu'il soit arrivé à Rocky Ford avec de drôles d'idées sur le sexe et les femmes; le ciel le préserve de toute attache propre à lui briser le cœur ! Le départ de Natalie l'avait presque totalement détruit, et la dernière chose dont il avait envie était de s'amouracher de nouveau. En vérité, il s'était même demandé s'il serait encore capable de désirer quelqu'un !

Seulement, le destin veillait, à moins qu'il ne s'agisse d'autre chose, et son corps, le traître, avait réagi devant la première femme séduisante qu'il ait vue depuis très longtemps. La colère le gagnait à l'idée qu'il ne parvenait pas à éradiquer ce genre de réaction. Pourtant, elle n'était pas dirigée contre Andrea. Etait-ce sa faute à elle si elle était belle, sensuelle et incroyablement attirante ?

Shep hocha la tête, poussa un long soupir et passa dans le living-room. Du fauteuil où il s'installa, il pouvait voir, à travers la baie vitrée, la neige tomber avec une espèce de nonchalance. La vue était superbe, mais les chants de Noël le déchiraient. Peu à peu, des souvenirs des derniers mois l'envahirent : il se remémora le moment où il avait appris que Natalie fréquentait un autre homme ; celui où, espérant qu'elle nierait le fait, il l'avait au contraire entendue lui dire « je veux divorcer ». Puis étaient venus les discussions, ses propres argumentations et les refus catégoriques de Natalie. Ensuite, elle lui avait fait signer un document qui lui accordait tout ce qu'elle demandait, et elle était partie pour Mexico pour en finir au plus vite. A son retour, elle lui avait enjoint de faire ses bagages et de quitter la maison.

Tout espoir envolé, Shep s'était installé à l'hôtel et avait tenté de reprendre le cours normal de son existence. Mais sa clientèle était composée de gens fortunés et gâtés, dont la préoccupation principale était de combattre les effets du vieillissement. Elle lui était venue par le biais de Natalie, dont le père était un important producteur de l'industrie du cinéma. Les stars, les grands réalisateurs, tous ceux qui désiraient changer de nez où tenter une liposuccion s'étaient pressés dans le cabinet de Shep. Désormais, ils annulaient leurs rendez-vous.

Avant sa rencontre avec Natalie, au cours de son internat, Shep avait rêvé d'une autre pratique de la médecine. Il aurait aimé se consacrer aux victimes d'accident ou aux personnes nées avec des malformations congénitales qui, elles, avaient véritablement besoin de chirurgie reconstructrice. Mais il s'était laissé éblouir par le style de vie des gens riches et célèbres. Après avoir ouvert un cabinet chic dans un immeuble de luxe, il avait commencé à réaliser des gains fabuleux en faisant des implants mammaires et des liftings. Pour un homme venu d'une toute petite ville du Montana, cela avait des airs de rêve : une femme très belle, des amis célèbres et plus d'argent qu'il ne pouvait en dépenser.

Enfin, pas pour Natalie, en tout cas. Shep avait beau s'épuiser à la tâche, et quel que soit le montant de ses gains, l'argent avait une curieuse manière de s'évaporer. Avec ce que Natalie lui avait soutiré pour leur divorce, Shep s'était retrouvé au bord du gouffre. Alors, une semaine à peine auparavant, il avait réparti ses rares patients dans les cabinets de ses confrères, fermé le sien, fait ses bagages et roulé en direction du Montana. Il n'était pas question, bien entendu, d'encombrer Lucas avec ses problèmes personnels. Non, il avait juste besoin de respirer. Peut-être aussi de se retrouver, de faire le point, de savoir comment remplir le reste de son existence.

Le regard fixé d'une façon presque hypnotique sur la neige qui tombait, Shep ressentit le vide en lui-même, l'absence d'objectif et d'ambition, et puis l'étrange besoin de ne rien faire d'autre, à partir de ce jour, que de contempler la neige ou quelque chose d'aussi banal. Que lui avait donc rapporté le fait d'avoir tant travaillé ? Pourquoi tant d'efforts pour un tel résultat ? songea-t-il tristement.

De la cuisine lui parvenaient les voix de Lucas et d'Andrea. Ils bavardaient tout en s'activant et riaient aussi de temps à autre. Avec un mur entre Andrea et lui, Shep pouvait penser à elle comme à n'importe quelle autre personne. Il n'en avait pas été de même pendant le repas. Chacun des gestes de la jeune femme avait eu un impact sur sa libido. Frangés de cils épais et d'un surprenant ton de vert, ses yeux étaient particulièrement beaux, avait-il remarqué. Impossible d'imaginer que son visage ou sa silhouette aient pu être altérés d'une manière ou d'une autre par la chirurgie.

Une seule chose ne sonnait pas tout à fait juste. Lucas avait en effet mentionné, au cours du dîner, que leur hôtesse venait de Californie.

— De quel endroit de la Californie, exactement ? avait demandé Shep, histoire d'avoir l'air de participer à la conversation.

Les yeux plissés, il se souvint alors de l'habileté avec laquelle Andrea avait éludé le sujet. Voyons, se demanda-t-il, pourquoi aurait-elle évité une question aussi innocente ? Et quelle raison l'avait amenée dans le Montana ? Y avait-il de la famille ? Dans ce cas, pourquoi ne passait-elle pas Noël avec elle ? Oui, en vérité, il y avait quelque chose d'un peu étrange chez cette Melle Dillon. Mais pour ce qu'il en avait à faire…

Shep soupira. Soudain, il ne put supporter de rester assis plus longtemps. Il se leva, alla décrocher sa veste dans la penderie et l'endossa. Puis il tira ses gants de cuir de sa poche et commença à les enfiler en pénétrant dans la cuisine.

— Je vais faire un tour, annonça-t-il.

Andrea était en train de remplir le lave-vaisselle et Lucas rangeait un plat couvert dans le réfrigérateur. Tous deux se figèrent et le regardèrent fixement.

— Ah… bien, dit enfin Lucas. Profites-en bien, fiston.

— Nous prendrons le dessert et le café à votre retour, ajouta Andrea.

Il eut envie de lui dire de ne pas l'attendre, qu'il ignorait s'il reviendrait ou pas, mais il se contenta de hocher la tête avant de sortir.

Restés seuls, Andrea et Lucas échangèrent un regard.

— Il est vraiment malheureux, n'est-ce pas ? dit Andrea tranquillement.

— J'en ai bien peur, avoua Lucas, l'air profondément inquiet.

— Lucas, si vous désirez le suivre, je vous en prie, ne vous croyez pas obligé de me tenir compagnie.

Lucas ferma la porte du réfrigérateur.

— Je crois qu'il souhaite être seul, Andrea. Il me parlera quand il se sentira prêt à le faire.

— Eh bien, je pense que vous le connaissez.

— Autrefois oui, dit-il, et sa voix était triste.

Andrea commença à nettoyer le plan de travail.

— Il est venu vers vous, Lucas. Il est revenu à la maison. Cela signifie quelque chose.

Les trais de Lucas parurent s'éclairer.

— Oui, c'est vrai, n'est-ce pas ?

Andrea leva les yeux vers la fenêtre au dessus de l'évier.

— Il neige encore plus fort. Oh, quelle splendeur !

Mais, songea-t-elle, il faisait aussi un froid de canard, et elle éprouva une étrange inquiétude à l'idée que Shep Wilde, défait et malheureux, errait dehors par un tel temps. Enfin, conclut-elle, il était adulte et tout cela ne la regardait pas. Elle se tourna brusquement vers Lucas.

— Tout est en ordre ici. Merci beaucoup de votre aide. Et si nous retournions dans le living ? Je vais faire du feu dans la cheminée et nous pourrons soit regarder un film, soit nous détendre en attendant le retour de Shep.

— Que diriez-vous si je m'occupais du feu et que vous, vous choisissiez le film ? proposa Lucas, une fois dans la pièce.

Andrea lui sourit.

— Si c'est ce que vous désirez, d'accord.

Elle ouvrit le meuble qui contenait les cassettes.

— Que préférez-vous ? Un western ? Du suspense ? Une comédie romantique ?

Lucas était déjà penché au dessus de l'âtre.

— Votre choix sera le mien.

En son for intérieur, Andrea soupira. Lucas se souciait évidemment peu du film. Il ne pensait qu'à Shep, seul dehors, dans la neige et le froid. Vraiment, rien ne se passait comme prévu aujourd'hui. Mais quel Noël dans sa vie avait jamais paru sortir d'un beau livre de contes ? Andrea soupira encore, saisit un film sans en vérifier le titre et l'inséra dans le magnétoscope.

Seul le crépitement des flammes dans l'âtre mit un peu d'animation pendant les heures qui suivirent. Andrea ne fit même pas semblant de se concentrer sur le film. Du reste, vingt minutes après le début, Lucas sommeillait déjà. La jeune femme le considéra avec beaucoup d'affection. Les hommes étaient vraiment d'étranges créatures, songeait-elle. Malgré son inquiétude, celui-ci pouvait quand même s'endormir devant la télévision !

Andrea aurait aimé avoir la même chance : depuis son arrivée à Rocky Ford, l'insomnie était son plus grand problème.

Le film terminé, Andrea se leva pour alimenter le feu qui se mourait. Il reprit vigueur et elle resta assise sur le tapis à observer les flammes.

— J'ai dû m'assoupir…

Elle se retourna et sourit à Lucas.

— Vous avez fait un joli petit somme.

— Très impoli de ma part…

Lucas abandonna son fauteuil et se dirigea vers la fenêtre.

— Pas de nouvelles de Shep ?

— Vous n'avez pas été impoli du tout et non, aucun signe de Shep, répondit Andrea.

Sa compassion s'envola vers le Dr Shep Wilde. Elle-même ne s'était jamais trouvée dans la même situation que celle qu'il vivait, mais elle était capable d'imaginer sa solitude et ses sentiments après une telle expérience. Elle se leva.

— Le moment est très bien choisi pour vous donner votre cadeau.

Ignorant l'expression stupéfaite de son invité, elle se dirigea vers le sapin, passa la main dessous et en retira le paquet gaiement enveloppé.

— Andrea… vous n'auriez pas dû, protesta Lucas. Je n'ai rien apporté pour vous.

— Ne soyez pas gêné…

Elle lui tendit le paquet.

— C'est une chose que je désirais faire, et je n'attendais rien en retour. Ouvrez-le.

— C'est vraiment très gentil…

Malgré la recommandation d'Andrea, Lucas avait légèrement rougi. Mais il y avait aussi dans ses yeux une petite lueur excitée, et Andrea sourit.

— Ouvrez-le, Lucas, répéta-t-elle.

Il retourna vers son fauteuil, déchira l'emballage et découvrit une petite boîte.

— Oh, regardez-moi ça ! murmura-t-il.

Il s'agissait d'une écharpe en douce laine bordeaux, très belle et beaucoup plus chère que ne l'avait prévu Andrea. Mais elle s'accorderait parfaitement avec la meilleure veste de Lucas, de couleur gris foncé, celle-là même qu'il portait aujourd'hui.

— Comment saviez-vous que j'avais besoin d'une nouvelle écharpe ? demanda Lucas en tripotant l'étoffe. Andrea, elle est vraiment très jolie. Et si douce… je n'ai jamais supporté d'avoir quelque chose de rêche autour du cou.

— Alors, elle vous plaît ?

— Et comment ?

— J'en suis heureuse. Elle ira parfaitement avec votre veste grise.

Lucas eut un sourire espiègle.

— Je vais avoir l'air tellement chic qu'il me faudra repousser les avances des dames !

— Je suis certaine que cela vous est souvent arrivé, rétorqua Andrea sur le même ton.

Lucas éclata de rire.

— Plus maintenant, mon petit.

Il replia soigneusement l'écharpe et la remit dans sa boîte.

— Je me sens complètement idiot de ne vous avoir rien apporté. Mais merci. J'apprécie votre attention.

— Je vous en prie. Moi, j'apprécie votre amitié, répondit Andrea.

Pendant que cette agréable scène se déroulait dans la maison d'Andrea, Shep faisait les cent pas dans celle de son père. Après avoir piétiné dans la neige épaisse pendant une heure, le froid avait commencé à se faire sentir, et il avait contourné la demeure d'Andrea pour revenir chez son père. Cependant, un léger sentiment de culpabilité l'animait. Et Dieu comme la maison lui paraissait vide ! En dépit de ses bouleversants problèmes personnels, c'était Noël, un jour où il ne faisait pas bon rester à l'écart. Combien de Noëls au juste Lucas avait-il passés seul ? se demanda Shep, de plus en plus mal à l'aise. Il se rendait parfaitement compte à quel point, depuis des années, il avait négligé son père. Lucas était juste à côté. Son fils unique se devait absolument de passer la journée avec lui, où qu'il soit.

Il se reprit suffisamment pour enfiler de nouveau sa veste et ses gants et se frayer un chemin, à travers la couche de neige, vers l'arrière de la maison d'Andrea. Après s'être juré de se montrer plus amical, car ses problèmes ne dépendaient ni de Lucas ni d'Andrea, il frappa à la porte.

Le visage de Lucas s'éclaira soudain.

— Ce doit être Shep, dit-il.

— Sûrement, admit Andrea. Je vais lui ouvrir.

Elle se hâta de traverser la maison jusqu'à la porte de la cuisine. Son cœur battait la chamade. Quelle incroyable sensation faisait naître en elle sa vertigineuse attirance pour cet homme, songeait-elle. Mais elle aurait quand même préféré que Shep Wilde ne soit pas fraîchement divorcé.

Elle ouvrit la porte avec un sourire, s'attendant à le voir couvert de neige et à moitié gelé. Sauf que… il n'était ni l'un ni l'autre. Andrea comprit qu'il était allé chez Lucas au lieu de faire la balade annoncée. Ce n'était vraiment pas bien de sa part de leur avoir menti, simplement pour s'éloigner d'eux, se dit-elle. Certes, la tranquille activité de la journée l'avait agacé, il s'était sans doute ennuyé, mais pour son père, il aurait pu au moins faire un effort.

— Entrez, dit-elle, l'air figé.

C'est alors qu'intervint la plus grande surprise de la journée :
Shep sourit. Non, il *lui* sourit. Le souffle coupé, Andrea sentit la
froideur de ses traits se diluer en un méli-mélo d'émotions purement féminines.

— Prenez la peine d'entrer, répéta-t-elle d'une voix enrouée.

Et cette fois, la note de bienvenue était sincère.

— Merci.

Shep se faufila à l'intérieur et Andrea ferma la porte. Seigneur,
songea-t-elle, si un simple sourire suffisait à lui couper le souffle,
qu'en serait-il d'un baiser ?

— Shep ? appela Lucas depuis le living-room.

— Je suis là, papa.

Shep ôta sa veste et regarda Andrea.

— Je peux l'accrocher moi-même, si vous n'y voyez pas d'inconvénient.

Aucun inconvénient. Tout ce que vous voudrez… songea-t-
elle.

— Oui, bien sûr. Allez-y.

Ils pénétrèrent dans la pièce et, immédiatement, Shep repéra
le feu.

— Super ! dit-il en s'approchant de l'âtre après avoir accroché
sa veste dans le placard.

— Tu es resté longtemps dehors, fiston, dit Lucas. Tu dois être
gelé jusqu'à la moelle ?

Shep se retourna.

— Je n'ai pas marché tout le temps, papa. Je suis retourné un
moment à la maison.

Bon, se dit Andrea, agréablement surprise. Ainsi donc, Shep
Wilde n'était pas un menteur. Il n'avait sans doute pas essayé de
les éviter. Il désirait seulement rester seul. Pauvre diable ! S'il était
tellement abattu, le divorce n'avait pas dû être de son fait.

— Eh bien, dit-elle joyeusement. Quelqu'un a-t-il faim, ici ?

— Je pourrais me laisser tenter par un sandwich à la dinde, dit Shep en lui décochant un autre de ses étincelants sourires.

— Moi, j'ai toujours une petite faim, ajouta Lucas avec un gloussement.

— Formidable. Je vais tout mettre sur la table. Cela ne prendra que quelques minutes.

Encore une fois le souffle coupé, Andrea fila vers la cuisine. La journée avait pris un tour merveilleux. Simplement parce que Shep Wilde avait souri au lieu de se renfrogner. Sa balade dans la neige avait accompli une sorte de miracle. Peut-être était-il enfin content d'être de retour pour Noël ? Ou peut-être, juste peut-être, s'était-il décidé à l'apprécier ? Et à trouver séduisante une autre femme, si peu de temps après son divorce… ?

Vite, Andrea découpa des tranches de dinde et mit la table, sans cesser de penser à Shep. D'accord, admit-elle, elle avait un coup de cœur pour lui. La chose pouvait s'avérer très dangereuse. Et lui, que ressentait-il pour elle ? Un intermède amoureux serait-il dangereux pour les deux parties, si elles n'étaient pas sur la même longueur d'onde ?

— Allons, ma fille, grommela-t-elle, avec un soudain éclair de bon sens. Ne mets pas la charrue avant les bœufs.

De simples sourires représentaient peu de chose en matière de séduction. Y avait-il quelque chose de plus triste qu'une personne qui s'éprenait d'une autre sans aucune réciprocité ? Non, elle devait absolument prendre garde où elle mettait les pieds avec Shep. Surtout sous le regard de Lucas. Il lui serait insupportable d'avoir l'air pathétique ou sotte, devant lui. Cela ne devait se produire en aucun cas.

Redressant les épaules, Andrea se dirigea vers l'embrasure de la porte qui séparait la cuisine et le living-room.

— C'est prêt, dit-elle avec un sourire engageant. A table !

Comme il était agréable, au cours du repas, d'écouter Shep et Lucas parler de leurs vieux amis de Rocky Ford ! Même si, comme le supposait Andrea, Shep s'enquérait de telle ou telle personne juste pour entretenir la conversation, elle y voyait un bon signe. Au moins, il essayait, ce qu'il n'avait pas fait auparavant.

La plupart des gens auxquels ils faisaient allusion étaient de parfaits étrangers pour elle. Mais son pouls se mit à battre plus vite lorsque Shep demanda :

— Et comment vont les Fanon ?

Lucas sourit.

— Très bien. J'avais oublié que, pendant un temps, tu avais eu un faible pour Lola Fanon.

Shep lui rendit son sourire.

— Au collège, papa. Il y a très, très longtemps. Est-ce qu'ils vivent toujours dans le coin ?

— Et comment. Charlie habite toujours la même maison, en fait. Tu es au courant pour son café ?

— Tu m'y as emmené lors de ma précédente visite, lui rappela Shep.

Et il ajouta tranquillement :

— Il y a environ huit ans.

Andrea perçut une lueur de remords dans ses yeux. Elle s'éclaircit la gorge.

— J'ai entendu prononcer le nom de Fanon à plusieurs reprises, dit-elle. Quelle sorte d'homme est donc ce Charlie ?

— Un type vraiment très bien, Andrea, lui répondit Lucas. Je doute qu'il y ait à Rocky Ford une seule personne qui ne l'apprécie pas.

— Et le reste de la famille ? s'enquit Shep. Ron vit-il toujours ici ?

— Ron est mort, Shep, dit doucement Lucas.

— Mort ? Que lui est-il arrivé ?

Shep paraissait stupéfait.

— Il est mort au service militaire. J'ignore les détails, mais Charlie est parti en Allemagne, là où était stationnée l'unité de Ron, pour ramener son corps et le faire inhumer ici. Il a aussi ramené sa femme Candace et leur fils. Candace s'est remariée il y a un mois, peut-être un peu plus.

Shep garda un instant le silence.

— Et Serena ? Et Lola ? demanda-t-il encore.

— Elles sont toutes deux mariées et vivent dans les environs. Serena est avocate. Son mari, Travis Holden, possède une chaîne de parkings dans tout le Montana. Lola a épousé Duke Sheridan et ils vivent dans leur ranch. Je suis sûr que tu te souviens des Sheridan.

Bien qu'elle n'en laissât rien paraître, le fait que Lucas connût aussi bien la famille Fanon surprenait Andrea. Mais il était vrai qu'elle en apprenait constamment sur la vie d'une petite ville. Même si les gens n'étaient pas liés d'amitié, ils semblaient être au courant de tout ce que faisaient les autres. La chose était nouvelle pour Andrea. Sandra, sa mère, avait toujours préféré les grandes villes et les voisinages élégants où les gens étaient plutôt réservés. Même si son style de vie n'avait pas été du goût de sa fille, celle-ci ne pouvait qu'admirer une mère qui, malgré leurs nombreux déménagements, avait toujours réussi à s'intégrer parfaitement dans son nouvel environnement, quelle que soit la réserve affichée par ses résidents.

Andrea soupira. Si elle avait apparemment hérité de quelques uns des plus beaux traits physiques de sa mère, il n'en n'était pas de même de son intrépidité. La perspective d'affronter Charlie Fanon n'aurait jamais pu intimider Sandra comme elle le faisait de sa fille.

Vers 18 heures, Lucas donna le signal du départ. Le cœur d'Andrea se serra à la perspective de se retrouver seule, mais elle se força à sourire et les raccompagna jusqu'à la porte. Juste avant de partir, Shep lui serra encore la main.

— Merci pour cette journée, Andrea. Vous êtes une charmante hôtesse.

Le regard plongé dans ses yeux sombres, Andrea sentit de nouveau quelque chose se contracter dans sa poitrine. De tous les hommes qu'elle avait rencontrés au cours de sa vie, Shep Wilde était sans conteste le plus magnifique. Et aucun d'eux n'avait jamais provoqué en elle de réactions aussi… volcaniques.

Lucas mit fin à leur poignée de main en brandissant la petite boîte.

— Et merci encore pour le cadeau, Andrea !

Elle vit Shep regarder la boîte, mais il ne dit rien. Le père et le fils franchirent le seuil en lui souhaitant une bonne nuit. Dehors, il faisait sombre et il neigeait toujours. Le froid mordant obligea Andrea à fermer rapidement la porte. Puis, avec un soupir, elle regagna le living-room et remit du bois dans le feu. L'atmosphère était trop tranquille soudain : elle mit un CD dans la chaîne.

Installée dans son fauteuil favori, elle renversa la tête en arrière et songea à la journée qui venait de s'écouler. Au total, elle avait passé un bon Noël, conclut-elle. Bien meilleur, en tout cas, que tous ceux dont elle avait le souvenir.

Shep et Lucas se hâtèrent de rentrer chez eux. Ce n'était pas une nuit à s'attarder dehors et la maisonnette de Lucas était chaude et confortable. Après s'être débarrassés de leur veste, ils s'installèrent au salon. Shep devina que son père avait envie de lui poser des questions et décida de tout lui raconter sans qu'il l'y oblige.

— Elle m'a quitté pour un autre, lança-t-il abruptement.

Lucas le considéra d'un air incrédule.

— Shep, tu en es certain ?

Shep laissa échapper un petit rire dépourvu d'humour.

— Sûr et certain. Un ami m'a laissé entendre à demi-mot qu'elle voyait quelqu'un. Après l'avoir traité de menteur et lui avoir dit qu'il devait se tromper, j'ai parlé à Natalie cette nuit-là. Je m'attendais à ce qu'elle se défende… qu'elle soit en colère qu'on ose l'accuser…

L'expression de Shep se fit amère.

— Mais elle a avoué que c'était vrai et m'a demandé de divorcer.

Lucas paraissait toujours saisi.

— Voyons, mon fils, une femme heureuse et satisfaite de son mariage ne va pas courir après un autre homme ?

Les lèvres de Shep esquissèrent un sourire cynique.

— Peut-être pas à Rocky Ford, Montana, mais la Californie n'est pas Rocky Ford, papa.

— Es-tu en train de me dire que tu ne t'es pas le moins du monde douté que quelque chose n'allait pas, avant que ton ami te prévienne ? Et à propos, j'avoue n'avoir guère de respect pour un homme capable de te raconter ça et se prétendre encore ton ami ?

— S'il y avait des doutes à avoir, je ne me suis aperçu de rien, répliqua son fils. Quant à Jeff, il lui a été très difficile d'aborder le sujet avec moi. En le faisant, il a mis notre amitié en péril. Non, je n'ai rien contre lui, papa. Il aurait été pire pour lui de tout savoir et de ne rien me dire.

Lucas secoua tristement la tête.

— Je ne vois pas comment les choses auraient pu être pires. Dire que, pendant tout ce temps, j'ai cru que ton mariage était solide comme un roc et que Natalie et toi étiez heureux. Et maintenant, te voici divorcé et malheureux. Vous auriez dû avoir des enfants ?

— Et nous battre pour leur garde ? Les enfants ne suffisent pas à faire tenir un mariage, papa. Seul l'amour peut y parvenir. Apparemment, Natalie ne m'aimait pas.

— Mais au début, pourtant ?

— Je l'ai cru, dit Shep d'une voix où perçait à nouveau de l'amertume.

37

— Eh bien, au moins tu as toujours ta clientèle, conclut Lucas. Il supposait apparemment que Shep trouverait du réconfort dans son travail.

Mais Shep n'était pas prêt à en parler. Il ignorait encore ce qu'il allait faire. Il pensait à toutes ses années d'études, si dures. Lucas l'avait bien sûr aidé financièrement de son mieux, mais des études de médecine coûtaient cher, surtout lorsqu'on souhaitait se spécialiser. Il avait trouvé des petits jobs pour gagner quelques dollars de plus et n'avait guère dormi durant tout ce temps.

Il faisait son internat à l'hôpital général de Los Angeles lorsqu'il avait rencontré Natalie Draper. Le monde dans lequel elle vivait l'avait ébloui, tout comme elle. Belle, pleine d'entrain, insouciante, Natalie avait des hordes d'amis dont la plupart ne vivaient que pour une chose : la prochaine réception, qu'il s'agisse de trouver des fonds, d'ouvrir un nouveau restaurant ou de fêter certains grands événements de l'industrie du cinéma, comme la remise des Oscars. Toujours habillée chez les grands couturiers, Natalie ne manquait rien de ce qu'Hollywood et ses icônes avaient à lui offrir.

Shep avait mis du temps à réaliser qu'une jeune femme aussi élégante, riche et superbe que Natalie Draper voulait bien de lui. Que pouvait lui offrir un interne sans le sou ? Mais, lorsqu'il avait enfin compris qu'elle était sérieuse, il en avait eu un choc. Ensuite, Natalie l'avait présenté à son père et à sa troisième épouse. Brad Draper n'avait pas été aussi ravi que sa fille par ce presque médecin à l'avenir incertain. Shep devait malgré tout le reconnaître : l'homme avait mis de côté ses doutes et l'avait en fin de compte accueilli au sein de sa famille.

Dix ans, songea Shep dans un nouvel assaut de dépit. Dix ans, et tout était fichu ! Il était de retour à la case départ ou presque. Plus de femme, plus de clientèle, et très peu d'argent. Voilà qui n'était guère consolant, d'autant plus qu'il n'avait rien vu venir. Quelle sorte d'imbécile avait-il donc été ?

Il réalisa soudain que Lucas le considérait d'un air gêné. Rien d'étonnant à cela : il n'avait pas répondu à sa question concernant sa pratique médicale. En bien, il n'en n'avait pas à lui donner. Quand il saurait lui-même où il en était, il en informerait son père. Il se remit debout et s'étira en bâillant.

— Je suis épuisé, papa. Je vais me coucher.

Lucas fronça les sourcils.

— D'accord, mon fils. Vas-y.

Mais, avant que Shep n'ait quitté la pièce, il demanda :

— Que penses-tu de ma voisine d'à-côté ?

— Andrea est une charmante personne, dit Shep d'un ton négligent.

Il omit délibérément de mentionner les assauts de libido qu'elle avait provoqués en lui toute la journée.

— Bonne nuit, papa. A demain matin ?

— Bonne nuit, Shep. Dors bien.

3.

Andrea passa une bonne nuit, mais à 8 heures du matin, elle s'éveilla avec un sentiment aigu de mécontentement. Ce n'était pas la première fois, depuis qu'elle vivait à Rocky Ford. Et elle savait bien pourquoi : en fait, elle s'en voulait de remettre indéfiniment à plus tard sa rencontre avec Charlie Fanon.

Ce matin, cependant, elle ne pensait pas à lui. L'image qui se formait devant ses yeux était celle de Shep Wilde. Il était bien trop beau, songea-t-elle, et elle se sentit parcourue de picotements, à l'évocation de sa beauté virile. Mais Shep n'était pas non plus à l'origine de son malaise. Il ne lui fallut que quelques minutes pour mettre le doigt dessus : quelle raison avait-elle vraiment de se lever ? Qui se soucierait d'elle si elle restait jusqu'à la fin de ses jours au fond de son lit ? Il fallait absolument qu'elle cesse de ne rien faire… ou si peu ! Puisque, apparemment, elle avait pris la décision inconsciente de rester à Rocky Ford, il était temps de se mettre à vivre. Qu'elle rencontre ou non Charlie Fanon. Et elle savait très bien par quoi commencer.

Rejetant les couvertures, elle se leva et, pieds nus, gagna la cuisine pour se faire du café. Un coup d'œil au dehors la fit grimacer. Avant de mettre un quelconque plan en route, il lui faudrait encore déneiger son allée. La neige ne tombait plus, mais il y en avait au moins deux mètres de hauteur.

Andrea retourna dans sa chambre et se vêtit chaudement. Elle prit ensuite la direction du garage afin d'y prendre sa pelle, et s'arrêta brusquement. Elle cligna les yeux de surprise : l'allée était entièrement dégagée.

Lucas, que Dieu le bénisse, avait dû s'en occuper avant son réveil. Quel amour ! songea-t-elle. En revenant vers la maison, elle se dit qu'elle le remercierait plus tard. Lorsqu'elle aurait téléphoné à Kathleen Osterman, propriétaire et éditrice du *Rocky Ford News*. Elle allait, en effet, lui demander un emploi dans son journal et s'il n'y avait rien pour elle, elle chercherait ailleurs. Mais son tout premier choix se portait sur la gazette locale.

Après avoir avalé son petit déjeuner, elle prit sa douche, se maquilla, se coiffa et revêtit un tailleur-pantalon très seyant de laine grise. Dessous, un sweater noir à col roulé. Aux oreilles, des boucles en or. Sur le revers de sa veste, une broche d'or et d'onyx et, à son poignet, une montre en or. Elle enfila ses boots de cuir noir et jeta un coup d'œil à l'image que lui renvoyait le miroir. Satisfaite, elle endossa un long manteau de cuir noir, mit ses gants et ajusta la courroie de son sac sur son épaule avant de quitter la maison en direction du garage.

Pendant que le moteur de sa voiture chauffait, elle se complut à mesurer tout le chemin parcouru ces derniers temps. Sa vie avait radicalement changé. Quand le radiateur souffla de l'air tiède dans l'habitacle, elle embraya et quitta le garage en marche arrière. D'accord, songeait-elle, elle avait des papillons au creux de l'estomac à l'idée de sa visite impromptue à Mme Osterman, mais il s'agissait plutôt de frissons d'excitation. La simple pensée de retravailler, d'avoir quelque chose à faire, un endroit où aller, la stimulait énormément. Elle pensa qu'elle aurait dû chercher un job depuis bien longtemps !

Andrea roula jusqu'à l'immeuble qui abritait les bureaux du journal et, après avoir trouvé une place au parking, pénétra dans le bâtiment. Tout de suite, elle adora l'odeur d'encre d'imprimerie et l'atmosphère d'intense activité des lieux. Les locaux n'étaient ni très grands ni bruyants, mais c'était ici que se créaient les journaux. Et elle serait aux anges de pouvoir y participer.

Une seule vaste salle occupait le devant de l'immeuble. Deux femmes étaient assises derrière un bureau. L'une parlait au téléphone, l'autre leva les yeux vers Andrea.

— Puis-je vous aider ?

Andrea lui sourit.

— J'aimerais parler à Kathleen Osterman. Est-elle ici ?

— Avez-vous rendez-vous ?

Quelques autres questions encore, tout aussi rituelles, puis la femme tapa un numéro sur son téléphone.

— Kathleen, Melle Andrea Dillon aimerait vous parler. Avez-vous le temps de la voir maintenant ?

Après une pause, elle reprit :

— Non, elle n'a pas dit à quel sujet. Dois-je le lui demander ?

Encore une pause, puis :

— Très bien. Je vous l'envoie.

Elle posa le combiné et leva les yeux vers Andrea.

— Elle va vous recevoir. C'est la porte au fond, à gauche. Entrez sans frapper.

Andrea la remercia et traversa la pièce en direction du bureau de Mme Osterman. En dépit des instructions qui lui avaient été données, elle frappa en retenant sa respiration.

— Entrez, dit une voix de l'autre côté de la porte.

Profonde et rauque, un rien stridente, c'était sans conteste une voix féminine. Andrea aspira rapidement une bouffée d'air et ouvrit la porte.

Sa première impression fut celle d'un véritable capharnaüm. Des papiers, des livres et des dossiers s'empilaient partout où on avait pu leur trouver un peu de place. Une femme était assise derrière un énorme bureau.

— Madame Osterman ? dit Andrea.

— Mademoiselle Dillon ?

Kathleen paraissait amusée.

— Avez-vous un lien quelconque avec les Dillon qui habitent Green Street ?

Elle désigna d'un geste le fauteuil en face de son bureau.

— Venez donc vous asseoir.

— Merci.

Andrea ferma la porte et obéit avec un sourire.

— Pour répondre à votre question, non, je n'ai pas de lien de parenté avec les Dillon de ce pays.

— Vraiment ?

Kathleen s'adossa à son fauteuil et jaugea sa visiteuse sans la moindre vergogne. Andrea ne s'en priva pas non plus. Kathleen Osterman était une femme extrêmement séduisante. La cinquantaine passée, estima-t-elle. Des vêtements — un pantalon beige et sweater assorti — visiblement coûteux, de même que la coupe de ses courts cheveux blonds, son maquillage et ses bijoux. Plusieurs bagues ornées de diamants cerclaient ses doigts longs et fins. Son visage était plus frappant que joli, et ses yeux — d'un bleu foncé et profond — avaient la dureté du marbre. Apparemment, songea Andrea, la dame n'était pas la douceur même ?

— Alors, que puis-je faire pour vous, mademoiselle Dillon ? demanda Kathleen d'une voix abrupte et pressée de femme d'affaires.

— Je suis à la recherche d'un emploi, madame Osterman.

Kathleen haussa un sourcil.

— Et vous croyez que j'ai quelque chose à vous offrir ?

— Est-ce le cas ?

— Connaissez-vous quoi que ce soit aux métiers de la presse ?

— Pas autant que je le souhaiterais, dit Andrea.

Elle commençait à avoir chaud et se débarrassa de son manteau.

— J'ai travaillé pour le *Los Angeles Times* pendant presque une année, expliqua-t-elle. Mais je dois avouer que je faisais plus office de secrétaire ou de coursière qu'autre chose. Je veux devenir journaliste, madame Osterman. J'écris bien, même si le seul journal qui m'ait jamais publiée était la gazette des étudiants de mon université. J'ai, dans mon sac, des photocopies de mes articles, si vous souhaitez les voir. Incidemment, j'ai un diplôme de journalisme, obtenu avec la mention très bien.

— Une minute ! Vous dites que vous avez travaillé presque un an au *Los Angeles Times* ? Pourquoi l'avoir quitté, si vous tenez tant à faire du journalisme ? Vous aviez le pied dans l'un des journaux les plus lus du pays. Si vous écrivez aussi bien que vous le prétendez, vous auriez sûrement pu y faire votre trou. Je pense qu'une explication s'impose, mademoiselle Dillon.

Andrea s'obligea à rester impassible. Mais son cœur battait la chamade. Il ne lui était pas possible d'être franche et elle ne voulait pas mentir, seulement il n'y avait aucun moyen d'avouer la vérité à cette femme.

— Ma mère est décédée en février dernier, dit-elle enfin. Sa succession a réclamé ma pleine et entière attention. Sinon, je serais restée au *Times*.

La déclaration était aussi sincère qu'elle pouvait se le permettre.

— Vous dites que la succession de votre mère vous a amenée à Rocky Ford ?

Kathleen paraissait sceptique.

— D'une manière indirecte, oui. Tout étant maintenant réglé, j'aimerais me remettre au travail.

Andrea sourit.

— Cependant, quelque chose m'est arrivé durant mon séjour à Rocky Ford. Une chose à laquelle je ne m'attendais guère. Je me suis mise à adorer le Montana ainsi que cette petite ville. La perspective de retourner à Los Angeles ne me tente plus guère.

44

L'air toujours aussi dubitatif, Kathleen saisit une tasse et but une gorgée.

— Café, dit-elle. En voulez-vous ?

— Non, je vous remercie.

Kathleen posa sa tasse.

— Laissez-moi vous dire comment cela se passe ici, mademoiselle Dillon. Mon journal ne sort que trois fois par semaine et…

— Je sais, murmura Andrea. Je l'achète et je le lis depuis mon arrivée à Rocky Ford.

— Alors, vous devez aussi savoir que nous n'utilisons que les infos nationales et internationales les plus urgentes que nous recevons par dépêches, et que la plus grande partie de notre journal ne traite que d'événements d'intérêt purement local.

Andrea hocha la tête.

— A mon avis, c'est une excellente formule pour une petite ville.

— Ravie de votre approbation.

L'expression de Kathleen Osterman était sarcastique. Andrea s'empourpra.

—Désolée de vous sembler condescendante. Je désirais simplement vous dire combien j'ai de plaisir à lire votre publication.

Travailler pour Kathleen Osterman n'aurait rien d'une sinécure, songea-t-elle. Mais elle n'avait sans doute aucune raison de s'inquiéter. Mme Osterman ne devait pas être exactement ravie de se voir imposer cette entrevue.

— Pour en revenir à notre organisation, reprit cette dernière, je suis ici la seule journaliste salariée.

Surprise, Andrea battit des paupières.

— Vous écrivez tous les articles vous-même ?

— Je n'ai pas dit cela. J'ai dit que je suis la seule journaliste salariée et à plein-temps. J'ai trois employés. Vous en avez vu deux en arrivant. Grace Mulroy est chargée des petites annonces, et la femme qui vous a envoyée dans mon bureau s'appelle Sally. Elle fait office de secrétaire, réceptionniste, etc. Mon troisième employé s'occupe de l'impression du journal. Outre ces trois personnes, je loue les services d'un photographe, et j'achète les articles de rédacteurs indépendants. N'importe qui peut m'apporter son papier. Si je le trouve assez bon, je le publie. Je paie 65 centimes la ligne, mademoiselle Dillon. Pourriez-vous vivre avec ça ? A condition que vos papiers soient publiés, bien entendu.

— L'argent n'est pas un problème, répondit tranquillement Andrea que le sujet abordé mettait mal à l'aise.

Après tout, cela ne regardait personne si elle avait suffisamment d'argent pour vivre confortablement le reste de son existence !

— Mais j'ai besoin de m'occuper, poursuivit-elle, et la première chose à laquelle j'ai pensé est votre journal. De quelle sorte d'articles est-il question ?

Kathleen haussa les épaules.

— Mariages, enterrements, accidents, toutes sortes d'événements sociaux. De tout, en réalité. Mais laissez-moi vous avertir : si vous songez à vous lancer dans le journalisme free-lance, vous aurez de la concurrence. Surtout en ce qui concerne les mariages et ce genre de choses.

— Je comprends.

Andrea commença à enfiler son manteau.

— Eh bien, je vous remercie de m'avoir reçue.

— Vous êtes déçue ?

— Je ne vous mentirai pas, madame Osterman. Je suis venue ici en espérant trouver un emploi à plein-temps.

Kathleen se leva.

— Laissez-moi vous dire quelque chose. J'ai l'impression que l'histoire la plus attrayante que vous puissiez écrire pour notre journal est la vôtre.

Andrea se leva à son tour. Décidément, Kathleen avait du flair. Il était évident qu'elle n'était pas du tout satisfaite de l'explication que lui avait fournie sa visiteuse sur la raison de son installation

46

à Rocky Ford. Andrea se força à rire comme si la curiosité de Kathleen l'amusait. Puis elle ramassa son sac.

— Encore une fois, merci de m'avoir accordé un peu de votre temps.

— Nous reverrons-nous, mademoiselle Dillon ?

Les yeux d'agate vrillèrent son regard.

— Vous me demandez si je pense écrire des articles en free-lance ? Je l'ignore, madame Osterman. Je vais y réfléchir. Au revoir.

Andrea sentit le regard d'un bleu acier la suivre jusqu'à la porte du building. Apparemment, la directrice du journal avait délaissé son bureau pour observer son départ. Son esprit vif devait fourmiller de toutes sortes de questions. Eh bien, songea la jeune femme, Kathleen avait le droit d'être curieuse… comme elle-même avait le droit d'être déçue.

Elle reprit sa voiture mais, au lieu de regagner sa maison, elle décrivit plusieurs boucles jusqu'à ce qu'elle arrive dans Foxworth Street. Ensuite, comme elle l'avait déjà fait une bonne centaine de fois durant les sept derniers mois, elle passa lentement devant le café de Charlie. L'endroit n'avait pas changé, et sa vue la bouleversait toujours autant. A l'intérieur de ce bâtiment vivait son père. Il serait si simple de garer sa voiture et d'entrer ! Hélas, c'était toujours à ce moment de ses réflexions que l'imagination d'Andrea flanchait.

Pourtant, les choses étaient un peu différentes, ce matin. La phrase de Lucas à propos de Charlie lui avait donné du grain à moudre. Les braves gars ne tournent pas le dos à leur progéniture, n'est-ce pas ? se dit-elle. Pourtant, cet homme l'avait bel et bien fait, et avant même qu'elle soit née. C'était cela la muraille qui se dressait sans cesse devant elle et qu'elle n'était jamais parvenue à franchir. Si seulement sa mère lui avait parlé de Charlie ! Andrea sentit son cœur se serrer. Sandra n'avait pas été loyale avec elle. Pas loyale du tout.

Déçue de son entretien avec Kathleen et une nouvelle fois découragée à propos de Charlie, Andrea reprit la direction de sa maison.

Dans l'après-midi, elle alla frapper à la porte de Lucas. Lorsqu'il lui ouvrit, elle lui mit entre les mains une grande poêle recouverte d'un torchon.

— J'avais l'intention de vous donner tout ça hier soir, Lucas. Il y a de la dinde et de la tarte. Je ne pourrai jamais manger tous les restes.

Le visage de Lucas s'épanouit.

— Oh, merci. Voulez-vous entrer ?

Encore sous le coup des événements déprimants de la matinée, Andrea poussa un soupir.

— Non, je vous remercie. Je dois filer, maintenant.

Elle s'était contentée de jeter un sweater sur ses épaules pour franchir la courte distance qui la séparait de la maison de Lucas et elle commençait à avoir froid. Au moment où elle s'éloignait, elle se rappela quelque chose :

— Oh, à propos, merci d'avoir nettoyé mon allée.

— Il n'y a pas de quoi, mon petit. Je n'ai rien fait. C'est Shep.

— Shep ?

— Oui. Il s'est levé tôt et a déblayé la mienne avant le jour. Quand je me suis levé à mon tour, il allait et venait comme un fauve en cage. Je lui ai dit que s'il voulait faire un peu plus d'exercice, il pouvait aller déneiger votre allée.

— Ah bon ? fit Andrea, incapable de dissimuler sa surprise.

Il lui fallut quelques secondes pour reprendre suffisamment ses esprits et ajouter :

— Remerciez-le de ma part, dans ce cas ! A plus tard, Lucas.

Et, toute frissonnante, elle rentra chez elle à la hâte. Il faisait bien trop froid pour courir dehors vêtue d'un simple sweater. Elle n'avait pas attrapé de rhume ou de refroidissement de tout l'hiver, et ce n'était pas le moment de courir un tel risque. En réalité, elle avait eu l'esprit trop occupé par son entretien avec Kathleen Osterman pour songer au froid. Si elle parvenait à écrire un article très brillant, se disait-elle, Mme Osterman ne s'en remettrait pas. A condition, toutefois, de trouver un sujet. Elle ne connaissait pas grand-monde à Rocky Ford, et il était inutile de songer aux mariages et autres événements similaires, outre le fait que ce genre de travail ne l'intéressait pas du tout. Par contre, si Kathleen l'engageait, elle se sentait capable d'écrire n'importe quoi ! Bien sûr, elle pouvait changer son fusil d'épaule et chercher un autre travail. Mais, au plus profond d'elle-même, elle avait envie de prouver quelque chose à Kathleen Osterman. Faire ses preuves, oui. Certaines personnes faisaient surgir ce besoin chez les autres et, de l'avis d'Andrea, Kathleen se rangeait dans cette catégorie. Elle était dure comme le diamant, excessivement sûre d'elle et pas particulièrement sympathique avec les journalistes en devenir…

Sourcils froncés, mordillant sa lèvre inférieure, Andrea passa dans le living-room. Elle avait l'impression de s'approcher d'une vérité qui la concernait et qui n'était pas très réconfortante. Au plus profond d'elle-même, une petite voix lui soufflait d'oublier Charlie Fanon, de faire ses bagages et de se rendre dans une ville où elle pourrait trouver le genre d'emploi dont elle se sentirait fière. Comme par exemple celui qu'elle avait assuré au *Times*. Oh oui, elle avait rudement envie de se sentir encore utile ! Qu'était-elle d'autre ces temps-ci, sinon une jeune femme solitaire, désœuvrée, et plutôt pathétique ? Sa vie n'était qu'un grand vide, une attente. Depuis le jour de son arrivée à Rocky Ford, elle s'était mise entre parenthèses, même si elle avait mis un certain temps à le réaliser. Eh bien, maintenant que c'était fait, comment allait-elle résoudre son problème ?

Presque au même moment, une pensée identique traversait l'esprit de Shep. Au volant de sa voiture, il faisait un tour en ville, sous prétexte d'aller dire bonjour à ses vieux amis... sans jamais s'arrêter chez aucun d'eux. Il se demandait si son retour au foyer paternel n'était pas une erreur. Cependant, songeait-il, s'il n'était pas venu ici, où serait-il donc allé ? Il n'était certain que d'une chose : il ne retournerait pas à Los Angeles. Alors, où cela le menait-il ?

Les journées entre Noël et le jour de l'an s'écoulèrent à toute vitesse. Andrea se tortura la cervelle pour trouver un sujet d'article qui n'eût pas déjà été traité une bonne douzaine de fois et Shep s'aventura sur chaque route, chaque chemin du comté, par tous les temps. Mais ils ne se rencontrèrent pas une seule fois.

La veille du jour de l'an, Andrea se prépara à passer une soirée solitaire. Elle apprêta un plateau-repas pour regarder à la télévision les autres accueillir en festoyant la nouvelle année. Elle se rappela un réveillon où elle avait porté une robe verte pailletée et très courte. Elle était alors belle, insouciante et heureuse. Hale l'avait emmenée à une réception bruyante et animée et ils avaient dansé, bu du champagne et ri jusqu'au petit matin.

Quelle différence avec aujourd'hui ! songea-t-elle avec mélancolie.

Vers 9 heures, elle prit sa douche, enfila un survêtement gris, passa un peigne dans ses cheveux mouillés et s'installa devant le petit écran.

Elle y resta près d'une heure, sans trop prêter attention aux divertissements pré-enregistrés. Que pouvait bien faire Hale ce soir ? se demandait-elle. Elle avait au moins une certitude : il ne devait pas être assis tout seul dans son appartement à grignoter des canapés au saumon et au fromage et à prendre des kilos. Elle décida de l'appeler pour lui adresser ses vœux.

Seul un message enregistré lui répondit : « Vous êtes bien chez Hale. Je suis peut-être ici, mais *extrêêêmement* occupé !

Ici, un rire lascif, puis :

Laissez-moi votre nom et votre numéro et je vous rappellerai dès que j'aurai un moment. »

Andrea avait toujours détesté ce message. Hale se considérait comme l'étalon d'Hollywood et tenait à faire savoir que, s'il n'était pas sorti pour faire la bringue ou tourner un film, il était au lit avec une femme. Lorsqu'elle l'avait un peu mieux connu, Andrea avait compris qu'il était presque toujours en représentation, devant une caméra ou pas, mais que, sous ses airs de dur, il était tout à fait normal et même très agréable. Son sens de l'humour décapant la faisait beaucoup rire. Par contre, il n'était jamais parvenu à la mettre dans son lit. Andrea aimait beaucoup Hale, mais pas sur le plan sexuel. Chose qu'il n'avait jamais très bien comprise, ce qui ne l'empêchait pas de continuer à sortir avec elle.

Après lui avoir présenté ses vœux par répondeur interposé, Andrea raccrocha et soupira. Si elle mettait un CD maintenant, elle allait sûrement se mettre à sangloter comme un bébé ! Ne restaient donc que la télévision ou le lit. Elle se renfonça avec obstination dans son fauteuil et saisit un bâtonnet de céleri. Elle était sur le point de mordre dedans lorsqu'on frappa à la porte de la cuisine. Un frisson de peur lui parcourut l'échine. *Personne* ne frappait jamais chez elle à cette heure de la nuit ! Les habitants de Rocky Ford se couchaient avec les poules et, de toute manière, elle n'en connaissait aucun, à part Lucas, bien entendu.

C'était peut-être lui, songea-t-elle. Il faisait juste un saut pour lui souhaiter la bonne année. Prenant son courage à deux mains, et un peu honteuse de sa réaction de panique, elle se leva et se dirigea vers la cuisine.

— Qui est-ce ? cria-t-elle, pas trop brave quand même.

— Shep Wilde.

Elle en resta muette de surprise. Shep Wilde ? Ici ?

— Oh, zut ? marmonna-t-elle, affolée à l'idée qu'il puisse la voir démaquillée et décoiffée.

— Andrea ?

S'armant contre l'inévitable, elle ouvrit la porte.

— Salut !

Comme prévu, il était… spectaculaire ! Avec sa veste de cuir noir, il avait l'air d'avoir des épaules de près d'un mètre de large. Puis Andrea remarqua qu'il avait une bouteille à la main et qu'il souriait.

— Mon père est déjà couché, dit-il, et j'ai aperçu vos lumières. Pourquoi ne pas accueillir la nouvelle année avec moi ? J'ai un bon champagne ici.

Il leva la bouteille.

— Si vous aimez ça ?

— Je… oui, bien sûr. Entrez ?

Ainsi donc, il était venu la voir pour la Saint-Sylvestre et il était positivement splendide ! Soudain, quelque chose se mit à chanter en elle. Mais un froid polaire était entré avec Shep et elle s'empressa de fermer la porte.

— Il gèle cette nuit.

— Oui, il fait moins dix.

— Venez dans le living. Oh ! Désirez-vous que je mette le champagne au réfrigérateur ?

— Je le préfèrerais dans deux coupes.

— Vous ne voulez pas le garder pour les douze coups de minuit ?

— La bouteille est grande. Il en restera bien assez pour porter un toast à la nouvelle année !

— Je vais vous demander de m'excuser quelques minutes, dit Andrea.

Elle ne pouvait supporter la pensée d'être pâle et laide alors qu'elle allait boire du champagne avec Shep Wilde.

— Faites comme chez vous. Je ne serai pas longue.

Shep devina qu'elle allait se faire une beauté et regretta de ne pas la connaître suffisamment pour lui dire qu'elle était parfaite comme elle était. Mais il était venu sur une impulsion, sans aucun autre motif. Il n'était pas question de dire ou faire quoique ce soit qui puisse lui donner de fausses idées. Lucas, qui se couchait normalement à 9 heures, avait bravement tenu le coup avec lui jusqu'à 11 heures. Ensuite, il s'était mis à ronfler au fond de son fauteuil, jusqu'à ce que Shep le réveille et lui dise d'aller au lit.

Shep était resté assis là jusqu'à ce que ses nerfs reprennent le dessus. Alors il s'était mis à marcher de long en large comme cela lui était arrivé si souvent ces derniers temps. Un coup d'œil fortuit par la fenêtre lui avait permis d'apercevoir des lumières briller chez Andrea. Etait-elle seule ou avait-elle de la compagnie ? s'était-il demandé. Il était facile de le savoir. Un saut jusqu'à la barrière, et il avait constaté qu'aucun véhicule n'était garé à proximité. Donc, avait-il conclu, Andrea n'avait pas d'invités. Il s'était alors hâté de rentrer, d'enfiler sa veste, de prendre la bouteille de champagne qu'il avait achetée pour la soirée, puis de sortir par la porte de derrière sans autre forme de procès. Andrea le recevrait ou pas. C'était aussi simple que cela et, dans un cas comme dans l'autre, il ne s'en sentirait guère affecté. Bien entendu, songeait-il en piétinant dans la neige jusqu'à la porte de sa voisine, il espérait quand même qu'elle fêterait la nouvelle année avec lui. S'il n'était pas en compagnie de ses vieux amis ce soir, il ne devait s'en prendre qu'à lui-même. Depuis une semaine qu'il était en ville, il n'avait pris contact avec personne. La seule idée d'expliquer pourquoi il était revenu dans le Montana sans son épouse et d'imaginer les mines apitoyées des autres lui donnait la chair de poule. Mais Andrea était une nouvelle amie, ou tout du moins, une nouvelle connaissance. Il n'aurait rien à lui expliquer du tout.

Shep repéra deux verres dans une vitrine et ouvrit la bouteille. Le bouchon sauta et le champagne se mit à mousser. Rapidement, Shep versa le trop-plein dans l'un des verres, en goûta une gorgée et hocha la tête. C'était vraiment du bon champagne. Remplissant ensuite le second verre, il les emporta tous les deux dans le living.

Il y avait du feu dans la cheminée. La télé était allumée, et un plateau de délicieux amuse-gueules était posé sur une petite table près d'un fauteuil. Shep en prit un et s'assit. Très agréable, songea-t-il : un bon feu pétillant, de la bonne musique, de quoi grignoter et un excellent champagne valaient bien mieux que de rester assis tout seul dans la maison de son père un soir de nouvel an ! Et, pour couronner le tout, il se sentait, pour la première fois depuis des mois, beaucoup plus serein.

Ses longues jambes étendues vers le feu, il sirota son vin. Le champagne n'était pas sa boisson favorite, il lui préférait des alcools plus forts, mais ce soir, il lui parut bon. Il jeta un coup d'œil sur le verre d'Andrea et se dit qu'il allait perdre toutes ses bulles si elle continuait à se faire attendre.

Il fronça légèrement les sourcils. Elle n'allait quand même pas sortir tout le grand jeu pour lui ? Il pouvait comprendre qu'une femme aille se mettre un peu de rouge à lèvres à l'arrivée d'un invité inattendu. Il en allait tout autrement si elle mettait vingt à trente minutes pour se pomponner…

C'était très exactement ce qu'Andrea était en train de faire. Fiévreusement, sans trop savoir quoi mettre, et parfaitement excitée par la présence de Shep Wilde chez elle.

Elle se sentit enfin prête et se jeta un dernier coup d'œil dans le miroir. Sa jupe longue et son haut, d'un dessin très simple, la flattaient particulièrement. Elle se passa nerveusement les mains sur les hanches, respira profondément et quitta sa chambre.

Sans faire de bruit sur ses chaussures plates, elle traversa la petite portion de couloir qui la séparait du living-room, et s'arrêta dans l'embrasure de la porte pour regarder Shep. Il contemplait le feu. C'était seulement la seconde fois qu'Andrea voyait cet homme. Pourtant, elle comprenait au plus profond de son cœur qu'il allait prendre une place très importante dans sa vie. Sans doute avait-il éprouvé le même sentiment, se dit-elle, sinon il ne serait pas ici, cette nuit entre toutes les nuits ? Le nouvel an était une fête que l'on préférait généralement passer avec des personnes qu'on aimait bien. Shep ne serait donc pas là s'il ne la considérait que comme une amie de son père… Quel instant passionnant ! Jamais, depuis son arrivée à Rocky Ford, elle n'avait songé une seule minute à sa vie amoureuse, même pour déplorer de ne pas en avoir. Maintenant, par contre, l'idée s'en imposait à elle. Son sang lui paraissait couler plus vite dans ses veines, avec la brûlante sensation d'être plus femme, de sentir sa sensualité s'épanouir. Qu'était-ce donc alors, s'il ne s'agissait pas de sa vie amoureuse ?

Le simple fait de regarder Shep constituait un plaisir extraordinaire. Mais à quoi pouvait-il bien réfléchir aussi intensément pour qu'il ne s'aperçoive pas de sa présence ? Mais… à elle, peut-être ?

Andrea s'avança dans la pièce, sourire aux lèvres.

— Désolée d'avoir été si longue !

4.

Shep se leva d'un bond.

— Aucun problème, dit-il.

Mais c'était un mensonge. Car Andrea, d'un seul coup, était devenue un problème majeur. Shep avait oublié — ou il n'y avait peut-être pas songé tout au long de la semaine — l'effet qu'elle avait produit sur lui à Noël. Curieux pourtant, réfléchit-il, que ce soir, il n'ait pas eu la même réaction, lorsqu'elle lui avait ouvert la porte !

Maintenant, il en allait tout autrement. Elle était belle à couper le souffle dans une robe étourdissante. Elle avait ramené ses cheveux en coque sur le sommet de la tête et des petites mèches frisées retombaient autour de son visage et sur sa nuque. Elle avait fait un peu plus que de se repoudrer le nez : son maquillage était parfait.

A l'évidence, tout cela était à son intention. Peut-être désirait-elle obtenir quelque chose de lui ce soir, et le lui disait-elle avec sa bouche humide et ses yeux gris-vert rehaussés par le fard ? Allons, il serait bien fou de repousser le plaisir promis par cette époustouflante apparition.

D'un autre côté, nouer une relation intime avec une femme qui y rechercherait sans doute plus qu'il ne le souhaitait, ne serait guère avisé. Il ne fallait pas oublier non plus qu'elle était sa voisine…

Toutes ces ambiguïtés passèrent si rapidement dans l'esprit de Shep qu'Andrea ne le vit pas marquer une pause. Remarquant la coupe de champagne sur la table, elle la saisit.

— Ce doit être la mienne ?

Shep s'éclaircit la gorge.

— Exact.

Andrea leva son verre.

— Eh bien… santé ?

Shep l'imita.

— Santé !

Ils avalèrent chacun une gorgée.

— Asseyez-vous, je vous en prie, reprit Andrea, en s'enfonçant dans son fauteuil. Je vois que vous aimez le rythm and blues ?

— Vous avez une bien jolie collection de CD, remarqua Shep qui reprit son siège.

Ils discutèrent musique quelques instants, puis, après une nouvelle gorgée de champagne, Andrea remarqua :

— Ce champagne est vraiment très bon.

— Je craignais de vous l'avoir servi trop tôt. Je ne voulais pas qu'il perde ses bulles avant votre retour.

— Ce n'est pas le cas… écoutez, tout ceci est très agréable. Je ne m'attendais vraiment pas à recevoir une visite ce soir !

Elle releva un peu le menton, le regarda droit dans les yeux et ajouta d'une voix douce et sexy :

— Surtout pas vous !

Shep sentit son pouls s'accélérer. Voilà qui ressemblait bel et bien à un défi ! Il avait eu raison de penser qu'elle s'était habillée pour lui. Le picotement au bas de son ventre se propagea le long de sa colonne vertébrale.

— Pourquoi moi, en particulier ?

Il lui sourit d'un air délibérément léger et sans la moindre malice. Aussi excitante que fût Andrea, il savait qu'il aurait des regrets s'il dépassait le stade de la simple amitié.

Andrea lui retourna son sourire, mais le sien n'était ni léger ni taquin. Jamais un homme ne lui avait autant plu. Jamais elle ne s'était sentie aussi attirée physiquement par quelqu'un qu'elle connaissait à peine.

— Sans doute parce que nous ne nous connaissons que depuis une semaine et que nous ne nous sommes pas revus depuis, répliqua-t-elle, sans abandonner son sourire provocant.

Sa hardiesse, elle en avait conscience, était très inhabituelle. Il ne lui était jamais arrivé de faire les premiers pas, même si elle avait un peu fait marcher Hale. Mais jamais elle n'était allée aussi loin dans la provocation qu'en cet instant.

Sans lui laisser le temps de répondre, elle leva son verre :

— Pourrais-je en avoir encore un peu ?

Soulagé de ne pas être tout de suite obligé d'expliquer pourquoi ils ne s'étaient pas revus depuis Noël, Shep se leva.

— Je vais chercher la bouteille dans le frigo.

Il se dirigea vers la cuisine et Andrea soupira béatement. Comment aurait-elle pu imaginer passer un soir de nouvel an comme celui-là ? Depuis Noël, cependant, elle n'avait cessé de penser à Shep. Durant ses longues heures d'insomnie, elle avait laissé son esprit vagabonder à son sujet et elle s'était demandé s'il avait déjà quitté la ville. Il aurait été facile d'aller frapper à la porte de Lucas pour s'en assurer, mais quelque chose l'en avait retenu. Après tout, en dehors de sa poignée de main électrique et de quelques sourires dévastateurs, Shep n'avait strictement rien fait qui lui donne à penser qu'il s'intéressait à elle !

Une expression satisfaite et ravie se peignit soudain sur son visage. Apparemment, elle s'était trompée. Si Shep ne se souciait pas d'elle, il ne serait pas là ce soir, non ?

Justement, il revenait avec la bouteille de champagne. Debout à côté d'elle, la dominant de sa haute taille, il versa le breuvage dans la coupe qu'elle levait vers lui pour plus de commodité. Shep sentit le regard qui le testait et se força à ne pas y répondre. Peine perdue ! A sa grande surprise, il s'entendit remarquer :

— Vous avez de très beaux yeux.

Andrea crut s'évanouir.

— J'en dirai autant de vous, docteur Wilde.

L'émotion enrouait sa voix et son cœur battait à un rythme effréné. C'était ça, le bonheur, songea-t-elle. Un pur bonheur, le plus délirant qu'elle eût jamais ressenti. Raisonnable ou non, trop rapidement ou pas, elle était bel et bien en train de tomber amoureuse.

De son côté, Shep fut sidéré par la sensation qu'il venait d'éprouver. Aucune femme ne l'avait jamais regardé comme le faisait Andrea… comme s'il était l'homme le plus extraordinaire de la création. Le cœur battant à tout rompre, il mit fin à cet irrésistible échange de regards et retourna rapidement vers son fauteuil. La bouche sèche, il remplit sa coupe et avala une large rasade de champagne. Il devait s'en aller, se dit-il. S'il restait, quelque chose allait arriver. Or, il ne le fallait *pas*, même s'il le pressentait dans l'air, quelque part dans son corps et dans les yeux d'Andrea.

Seulement, il ne quitta pas son fauteuil et il ne partit pas. Tout se passait comme s'il avait d'un seul coup perdu toute sa maîtrise. A son arrivée, il savait avec certitude qu'il se contrôlait parfaitement. En frappant à la porte d'Andrea, il n'avait songé qu'à passer quelques heures de cette nuit de nouvel an en compagnie d'une autre personne. Il ne s'était pas attendu à l'apparition d'une femme merveilleusement belle, et encore moins aux sourires et aux regards appuyés qu'elle lui décochait maintenant. Se conduisait-elle ainsi avec tout homme raisonnablement attirant ? Il ne lui plaisait guère de mettre Andrea et le mot « avances » dans le même sac, mais que pouvait-il penser d'autre ? Et s'il ne se trompait pas, comment lui dire ce qu'il pensait des aventures d'une nuit sans qu'elle se sente insultée ? Peut-être qu'après tout, quelques phrases banales pourraient alléger la tension sexuelle qui alourdissait maintenant l'atmosphère de la pièce ?

— Dites-moi, fit-il d'un ton négligent. Comment avez-vous jeté l'ancre à Rocky Ford ?

Andrea sentit son estomac se serrer. Son pouls s'accéléra. Elle ne désirait pas mentir à Shep. Quelque chose d'important était manifestement en train de se produire entre eux. Il semblait donc crucial de mettre cette relation naissante sur la bonne voie. Mais, malgré sa volonté d'être honnête, la vérité l'assaillit brutalement : tant qu'elle n'aurait pas rencontré Charlie, elle ne pourrait parler de lui à personne. Si elle se confiait à Shep, il le répéterait sûrement à Lucas, et Lucas en glisserait éventuellement un mot à quelqu'un d'autre. La perspective que Charlie puisse apprendre par la rumeur publique qu'une femme en ville prétendait être sa fille lui parut parfaitement odieuse. L'histoire qu'elle avait racontée à Kathleen Osterman lui revint opportunément en mémoire. Autant l'utiliser aussi pour Shep, se dit-elle. Elle se força à sourire.

— Ma mère est décédée en février dernier. Sa succession m'a demandé pas mal de travail et de déplacements.

— Avait-elle des biens, par ici ?

— Euh… non. Je suis venue ici parce que… eh bien, en raison d'un problème personnel.

Les traits de Shep trahirent sa curiosité.

— Quand êtes-vous arrivée dans le Montana ?

— En juin dernier.

— Ça devait être un sacré problème pour que vous vous attardiez aussi longtemps ?

Andrea s'éclaircit la gorge.

— Il… est presque résolu.

— Et lorsqu'il le sera, avez-vous l'intention de retourner en Californie ?

Mais Andrea avait répondu au-delà de ce qu'elle était capable de supporter. Elle lui renvoya la balle :

— Et vous ?

Shep parut étonné.

— Moi quoi ?

— Vous comptez retourner en Californie ?

Il avala d'un trait le reste de son champagne. Puis, d'une voix teintée d'amertume, il murmura :

— Je l'ignore.

Ses pupilles se rétrécirent soudain.

— Papa vous a parlé de mon divorce, n'est-ce pas ?

L'expression d'Andrea lui suffit. Shep se leva pour se resservir et grommela :

— J'aurais préféré qu'il n'en fasse rien.

Andrea vola au secours de son ami.

— Je suis sûre que s'il m'en a parlé, c'était uniquement parce qu'il s'inquiétait pour vous, Shep. Croyez-moi, il n'a rien dit de désobligeant, ni sur vous ni sur votre femme. Et il ne m'a donné aucun détail.

L'air absent, Shep remplit aussi la coupe d'Andrea. Puis il se rassit et fixa les flammes.

— J'ignorais que vous étiez tous deux tellement amis au point qu'il vous entretienne de mes problèmes. Je veux dire que je savais que vous étiez amis, mais…

Sa voix s'éraillla sur une note de tristesse.

— Je vous en prie, ne soyez pas gêné, dit Andrea avec douceur. Votre père est un homme merveilleux. Il a été très bon avec moi. Je suis certaine qu'il n'a pas voulu vous trahir en me confiant ses soucis. Votre soudaine apparition à Noël l'a secoué, Shep. Il était si fier de votre réussite professionnelle et de votre bonheur conjugal ! Il m'en a parlé si souvent ces derniers mois ! Peut-être a-t-il estimé qu'il me devait une explication à cause de votre arrivée inopinée ?

Et, après une pause, elle ajouta :

— Ce n'était pas nécessaire bien sûr, mais peut-être a-t-il pensé le contraire ?

Shep aspira une longue bouffée d'air. Puis, tournant la tête, il la dévisagea. Son expression était sombre et irritée.

— Je suis sûr que vous mourez d'envie de connaître les détails sordides ?

C'était comme s'il l'agressait, songea Andrea que l'attitude de Shep plongea dans la perplexité. Il fallait à tout prix éviter d'aborder des sujets trop personnels. Pas ce soir. La nuit devait être légère et gaie. Elle ressentait déjà les effets du champagne — la tête lui tournait un peu — et la conversation était devenue beaucoup trop sérieuse à son goût. Il y avait de quoi tout gâcher.

— Shep, dit-elle, je n'espionne pas la vie d'autrui. Non, je ne meurs pas d'envie de connaître les détails, quels qu'ils soient. Changeons de sujet.

Le visage de Shep s'éclaira et il parut vraiment soulagé.

— Soit. A vous de choisir ?

Andrea jeta un coup d'œil vers le sapin et se leva.

— J'ai oublié d'allumer les guirlandes.

Elle alla appuyer sur l'interrupteur et les petits ampoules se mirent à clignoter.

— Il a encore fière allure, ce sapin ! dit-elle. Vous ne trouvez pas ?

Shep ne regardait pas l'arbre. Il n'y pensait même pas. L'écran silencieux de la télé dispensait des images de gens qui, quelque part, faisaient la fête. Le CD déversait une musique lente et sensuelle. Il aurait fallu être complètement engourdi, songeait-il vaguement, pour ne pas être conscient du magnétisme que dégageait Andrea. Alors, même si certaines parties en lui restaient indifférentes, son cœur par exemple, le reste de son corps fonctionnait parfaitement. Il but encore une gorgée de champagne et posa son verre par terre près de son fauteuil. Puis il se leva et franchit les quelques pas qui le séparaient d'Andrea et du sapin.

Réalisant qu'il était juste derrière elle, elle se retourna et le fixa avec de grands yeux.

— Aimeriez-vous danser ? demanda Shep.

— J'adorerais !

Ils commencèrent à se mouvoir lentement au rythme de la musique. Andrea se sentait heureuse et excitée. Elle avait l'impression que son cœur allait exploser. Elle ne se trouvait pas exactement dans les bras de Shep mais très proche de lui. Lever les yeux vers les profondeurs obscures de son regard la mettait dans tous ses états. Oh oui, se dit-elle, que ce soit raisonnable ou non, elle était en train de tomber très vite et très profondément amoureuse de cet homme. Elle se sentait jolie, insouciante et vivante comme cela ne lui était pas arrivé depuis longtemps. L'espace pour danser était très restreint à cause du sapin, mais Shep bougeait à peine les pieds et elle se laissait conduire. Il ne la quittait pas du regard, ce qui l'électrisait plus que tout le reste. Elle essayait en vain de respirer normalement, mais chaque cellule de son corps semblait soupirer après quelque chose qu'il lui était difficile de traduire par des mots. Même si elle savait parfaitement de quoi il retournait.

— C'est… c'est très agréable, dit-elle d'une voix enrouée.

Il l'attira plus près de lui.

— Voilà qui l'est encore plus.

Ella avait maintenant le visage contre son torse et elle percevait les battements sourds, rapides, du cœur de Shep.

— Beaucoup plus, oui, murmura-t-elle.

Elle lui glissa les deux mains autour du cou. Shep poussa un profond soupir. Le corps d'Andrea était pressé contre le sien et cette sensation le grisait. Apparemment, se dit-il, c'était ce qu'elle désirait et lui-même commençait à le vouloir aussi. Pourquoi songer au lendemain ? Andrea était une grande fille. Tout comme lui, elle savait parfaitement ce qu'elle faisait. C'était la nuit du nouvel an et peut-être ressentaient-ils tous deux le besoin de se rapprocher de quelqu'un ! Non, il n'y avait pas de *peut-être*. Il n'était pas venu la voir en pensant au sexe, — enfin, pas consciemment, corrigea-t-il. Sauf que, maintenant, son corps y pensait à sa place. Si Andrea

63

n'avait rien fait pour exciter sa libido, ils ne seraient sûrement pas en train de danser ainsi et il ne serait pas excité à un point tel qu'elle ne pouvait pas ne pas s'en apercevoir ! Donc, tout était de sa faute à elle. Lui, il était seulement humain, après tout !

Andrea sentait la bouche et le souffle de Shep dans ses cheveux et elle ferma langoureusement les yeux. Shep la désirait autant qu'elle-même le désirait, songeait-elle, extasiée. Parfois, le destin était cruel, mais il réservait aussi des moments magiques comme celui-ci. Lucas lui avait bien souvent parlé de son fils, mais comment aurait-elle pu imaginer qu'il était aussi séduisant et sexy ? Et n'était-ce pas le destin également qui l'avait poussée à inviter Lucas à Noël, le jour-même où Shep revenait chez son père ?

Elle se blottit tout contre le corps tiède de son cavalier dont l'excitation était évidente. Shep resserra son étreinte. Sa respiration était saccadée. Enveloppée d'une brume sensuelle que le champagne n'avait fait que renforcer, Andrea se sentit flotter sur un petit nuage. Mais même sans l'effet du champagne, elle savait qu'elle ressentirait le même désir, délicieux et puissant. C'était Shep qui l'enivrait, et non le champagne.

L'air sur lequel ils avaient dansé prit fin, un autre commença. Son rythme était plus rapide, et Shep resta immobile. Prenant la tête d'Andrea entre ses deux mains, il la regarda au fond des yeux.

— Vous savez ce qui est en train de se produire, n'est-ce pas ?

— Oui, murmura-t-elle, et son sourire ébloui se refléta dans ses prunelles.

Elle comprit qu'il allait l'embrasser et elle se dressa sur la pointe des pieds pour rapprocher sa bouche de celle de Shep. Alors il s'empara de ses lèvres avec une féroce possessivité. Le cœur palpitant, déréglé, Andrea lui rendit son baiser comme une affamée. Ils eurent à peine le temps de reprendre leur souffle entre le premier et le deuxième baiser. Les mains de Shep quittèrent le visage d'Andrea et se mirent à vagabonder le long de son dos, sur ses hanches…

64

— Shep... oh, Shep ! soupira Andrea entre le deuxième et le troisième baiser.

Ensuite, elle oublia de compter. Elle réalisa à peine qu'il la poussait contre le mur. Elle se rendit vaguement compte qu'il lui remontait sa jupe et lui soulevait une jambe pour l'enrouler autour de lui. Mais lorsque ses mains écartèrent son slip, toute sa lucidité lui revint. Peut-être parce qu'il ne l'embrassait plus, mais contemplait son visage, sans cesser de caresser le point le plus sensible de son corps. Elle lui rendit son regard et la passion qu'elle lut dans ses yeux attisa la sienne.

— Dites-moi que vous le voulez ! demanda-t-il d'une voix rauque.

Oppressée, elle entrouvrit les lèvres et souffla :

— Comment pouvez-vous en douter ?

— Dites-le. Je veux l'entendre.

— Je le veux. Je vous désire.

Et elle lui en administra la preuve en faisant glisser la fermeture éclair de son jean pour s'emparer de sa dure virilité. La réponse était claire. Pendant quelques instants, Shep accepta l'agréable mouvement de sa main sur lui. Mais il lui en fallait davantage. Il reprit la bouche de sa compagne, se cala entre ses jambes et se poussa en elle. Sentir se refermer autour de lui sa chair chaude et humide lui arracha un gémissement.

— Tu es parfaite. Parfaite, murmura-t-il.

Lui aussi, songea-t-elle, et de toutes les manières. Peu importait que sa robe fût froissée. Elle n'avait jamais fait l'amour ainsi, contre un mur, et c'était merveilleux. Shep la menait à son gré, et plutôt rudement, mais elle adorait ça.

La peau moite, elle se tordait au rythme que la fantaisie de Shep lui imposait. Parfois, sa chaussure touchait le sol, et à d'autres moments, ses deux pieds se rejoignaient autour de lui. Elle tira sur les boutons de sa chemise, dénuda son torse qu'elle lécha et mordilla, avec ses lèvres, avec ses dents.

La pièce entière semblait tourner langoureusement — le sapin avec ses lumières qui clignotaient, les meubles, le feu dans l'âtre. La musique flottait quelque part autour d'eux, impuissante à chasser de l'esprit d'Andrea ses pensées violemment érotiques. Elle aimait cet homme. Elle n'avait jamais aimé un homme comme cela. S'il ne lui rendait que la moitié seulement de sa passion, ils pourraient vivre heureux ensuite.

Leurs souffles mêlés auraient réveillé un mort. Shep lui cajola les seins et elle enfouit ses mains dans ses cheveux. Il était expert en contorsions, songea-t-elle. Mais elle n'était pas malhabile non plus. Quelle que soit la position adoptée, Shep n'interrompait jamais les mouvements de son bassin et Andrea anticipait d'instinct ses assauts. Maintenant, elle sentait la tension monter de plus en plus en elle. L'irrémédiable allait bientôt arriver et elle se concentra.

— Shep… Shep, murmura-t-elle. N'arrêtez pas. N'arrêtez surtout pas !

— Pas de souci, bébé, grogna-t-il.

Il accéléra ses mouvements. Plus vite, plus fort. Andrea sentit les spasmes affluer. Le plaisir arrivait en spirales, plus violent à chaque poussée du corps de Shep.

— Ça vient ! cria-t-elle. Oui… oh oui !

Pour lui aussi, le plaisir était là.

— Bébé… bébé ! dit-il en un cri de suprême extase.

Et soudain, comme une lampe qu'on éteint, ce fut fini. Lentement, ils glissèrent ensemble sur le sol. Shep parce que faire l'amour d'une manière aussi folle était une épreuve de force pour un homme, Andrea parce qu'elle se sentait faible, tout à coup, et tremblait encore de la puissance de son orgasme.

Mais jamais de sa vie elle n'avait connu une telle sensation de bonheur. Tendrement, elle caressa les cheveux et la joue de Shep et lui sourit.

— Eh bien ? Dans quel état sommes-nous ? dit-elle, taquine.

Et c'était vrai. Le jean de Shep était enroulé autour de ses genoux et sa chemise pendait autour de ses épaules. La belle robe d'Andrea ne lui servirait plus à rien. Ses cheveux retombaient en désordre sur ses yeux et son maquillage avait totalement disparu.

A sa grande surprise, Shep ne lui rendit pas son sourire. Troublée par une sorte de prémonition, Andrea demanda, inquiète :

— Tout va bien ?

Il s'écarta d'elle, se remit debout et remonta son jean.

— Puis-je utiliser la salle de bains ?

Andrea hocha la tête.

— Au bout du couloir.

Sourcils froncés, elle le regarda quitter la pièce. Elle se rappelait que Shep savait parfaitement, depuis Noël, où se trouvait la salle de bains. D'autre part, elle en aurait eu besoin avant lui, car ils n'avaient pas utilisé de protection.

— Zut ! murmura-t-elle.

Ils venaient de prendre un risque terrible. Un risque absolument stupide, par les temps qui couraient et à leur âge ! Et dire que Shep était médecin !

— Zut ! répéta-t-elle.

Shep fit sa réapparition. Andrea se releva maladroitement et se précipita vers la salle de bains. Resté seul, Shep reprit son verre, le vida et saisit la bouteille de champagne pour se resservir. Il la leva pour en jauger le contenu : il en restait bien suffisamment.

— Parfait, marmonna-t-il en remplissant son verre.

Dans la salle de bains, Andrea sentait ses jambes flageoler. Quelque chose n'allait pas. Shep ne s'était pas conduit comme un amant, une fois terminée la séance de sexe la plus torride qu'elle ait jamais connue. Avait-il été aussi satisfait qu'elle ? Elle n'avait guère de connaissances en la matière... pourtant, si elle devait donner son opinion concernant la somme de plaisir qu'elle avait donné à Shep durant leurs ébats, elle aurait mis la barre assez haut.

Tout cela était bizarre, confus, et elle se sentait perdue. Mieux valait retourner auprès de Shep le plus vite possible, conclut-elle. Il suffirait peut-être de quelques mots pour la rassurer ? A la hâte, elle remit un peu d'ordre dans sa tenue. Elle s'efforçait d'énumérer lucidement toutes les raisons possibles de l'étrange réaction de Shep après l'amour. Mais les faits étaient là : une minute aussi glacial que l'hiver, brûlant comme l'enfer la suivante, Shep Wilde restait une énigme.

Andrea regagna enfin le living-room. Elle avait échangé sa robe froissée contre un négligé, mais elle était tout aussi jolie qu'avant leur furieuse séance de sexe. Elle éprouvait un violent désir d'entendre Shep lui dire quelque chose de gentil, quelque chose qui calmerait les tremblements de son corps.

Il se tenait debout, le dos au feu, son verre à la main. Leurs regards se croisèrent. Andrea tenta un sourire ; il ne le lui rendit pas. Décontenancée, elle saisit son verre pour dissimuler son embarras et but une gorgée.

— Y a-t-il une raison pour que vous me fixiez de la sorte ? demanda-t-elle en s'efforçant de rester calme.

En fait, elle était au bord des larmes, sans trop savoir pour-quoi.

— Je vous trouve très belle, dit-il d'un ton uni.

— Est-ce vraiment la raison ?

— Peut-être… et peut-être suis-je en train de souhaiter que vous ne le soyez pas.

— Voilà qui me parait dénué de sens.

— Vous avez tout à fait raison. Mais pas plus dénué de sens que tout ce que j'ai vécu ces derniers jours, ou ce que nous venons de faire.

Le vague pressentiment qu'Andrea avait éprouvé se renforça, devint plus douloureux.

— Que suis-je censée comprendre ? fit-elle.

— Nous sommes pratiquement des étrangers l'un pour l'autre. Je ne pensais pas au sexe en venant ici. Que croyez-vous que cela puisse signifier ?

— Je n'en n'ai pas la moindre idée. Et si vous me le disiez ?

Andrea commençait à avoir mal à la tête. Elle reposa son verre, regrettant maintenant d'avoir bu autant de champagne.

Shep retint un instant sa respiration.

— Oui, je le *dois* absolument. Voici : je suis plus désolé que je ne pourrais le dire de ce qui vient de se passer entre nous. C'est entièrement de ma faute et…

— Votre faute ?

Andrea fit un pas vers lui.

— Pas plus la vôtre que la mienne ! Et du reste, pourquoi en être désolé ? J'aimerais bien que vous me l'expliquiez, Shep, cela me paraît important. Pourquoi ?

Il la regarda un long moment puis baissa les yeux.

— Parce que cela ne peut mener à rien.

Andrea eut l'impression de recevoir un coup de poing dans l'estomac.

— Vous voulez dire que c'était juste comme ça : bing, bang, merci bien madame, ou quelque chose du même genre ?

— Je vous en prie, ne soyez pas amère. Vous êtes l'amie de mon père et je n'avais pas l'intention de vous faire du mal.

Elle croisa les bras sur sa poitrine.

— Et pourquoi, au nom du ciel, pensez-vous que j'en serais blessée ? J'ai obtenu ce que j'ai voulu, non ? Oh, à propos, vous vous en êtes rudement bien tiré.

Son sourire se fit sarcastique.

— Vous avez tout pour satisfaire une femme, docteur Wilde. Je suis prête à parier n'importe quoi que vous n'avez jamais enregistré aucune plainte. Ai-je raison ?

Shep posa son verre sur le manteau de la cheminée.

— Je crois que je ferais mieux de m'en aller.

— Quoi ? Vous n'allez pas passer le cap de la nouvelle année avec moi ? Et moi qui pensais que nous pourrions aussi le faire sur la table de la cuisine, juste après le toast de minuit ?

— Je vous en prie, Andrea !

— Je vous en prie, rien du tout, espèce de sale type amoral et vaniteux ! Vous pensiez peut-être que je couchais avec n'importe qui ? Sachez-le : je n'ai jamais eu une seule aventure d'une nuit… du moins jusqu'à ce soir !

— Je suis navré. Que puis-je dire de plus ?

Maintenant, Shep était devant la penderie et décrochait sa veste. Les choses étaient pires que tout ce qu'il avait imaginé. D'accord, il s'était trompé en supposant qu'Andrea prenait son plaisir là où elle le trouvait. Seulement, elle y était allée un peu fort, quand même ! Pourquoi aussi avoir répondu à sa flagrante invite ? Certes, la courbe de ses lèvres aurait donné à n'importe quel homme l'idée de l'embrasser et, il le savait, les baisers menaient à d'autres gestes plus intimes encore… D'ailleurs, elle ne l'avait à aucun moment repoussé, ni même hésité.

Il soupira et s'enhardit jusqu'à lui jeter un coup d'œil. Si les yeux d'Andrea avaient été des poignards, ils l'auraient déjà transpercé jusqu'au cœur. Pourtant, derrière la lueur meurtrière de ce regard, il y avait autre chose : un vrai chagrin de petite fille.

Bon sang ! songea Shep. Quel méprisable goujat je fais !

— Bonne nuit, marmonna-t-il.

Il quitta la pièce en trombe et traversa la cuisine vers la porte de derrière. La dernière chose qu'il entendit dans la maison d'Andrea Dillon fut un éclatant, cynique et amer « Bonne année, mon vieux ! »

Shep se fraya rageusement un chemin jusque chez son père. Il avait l'impression d'être le dernier des hommes.

70

Shep franchit le cap du nouvel an au lit, les yeux grands ouverts
sur l'obscurité, dans cette même chambre où il avait dormi durant
toute son enfance et ses années de collège, jusqu'à son départ pour
l'université. Depuis que Natalie l'avait quitté, il s'était imaginé qu'il
ne pourrait jamais plus se sentir aussi malheureux. Il découvrait
maintenant qu'il y a toujours des degrés supplémentaires dans
le malheur. Il suffisait pour les atteindre de se conduire comme
un âne. La vérité s'imposait cruellement à lui : depuis le moment
où Natalie lui avait demandé le divorce, il n'avait rien fait dont il
puisse être fier. Il avait abandonné son cabinet, accédé aux exigences financières insensées de Natalie, et il était revenu chez son
père pour lécher ses plaies, comme un gamin malheureux. Non,
vraiment, il n'était pas fier de lui.

Cette nuit enfin, il avait atteint le summum ! Il avait gavé de
champagne une jeune femme convenable et abusé de l'attirance
qu'elle éprouvait pour lui. Ensuite, il l'avait insultée en essayant de
s'en excuser. Diable ! Qu'est-ce qui n'allait pas chez lui ? D'habitude,
il était plutôt un charmant garçon !

— Avant Natalie, oui, murmura-t-il.

Et également avant d'avoir, sous son influence, changé ses objec-
tifs professionnels pour gagner plus d'argent qu'il n'en avait jamais
rêvé. Avant la luxueuse maison, le magnifique bureau, les voitures
tape-à-l'œil, les amis bidons. Il avait laissé tout cela lui arriver. A

lui, Shep Wilde et à personne d'autre. Il aurait pu résister à Natalie lorsqu'elle boudait parce qu'il désirait limiter sa clientèle. Il aurait pu aussi, à ses débuts, refuser l'aide financière de son beau-père. Il aurait pu se conduire en homme. Mais il avait laissé l'eau couler sous les ponts... Pour la première fois, il réalisait que c'était exactement cela l'image de son passé : de l'eau qui avait coulé sous les ponts et s'était enfuie à jamais. Il était temps de reprendre sa vie en main et d'en faire quelque chose. Au moins, il avait réglé ses dettes. Cela faisait-il pour autant de lui quelqu'un de meilleur ? Peut-être pas, mais il était médecin, et un médecin peut toujours trouver du travail. Sans doute assez loin de celui qu'il espérait, si tant est qu'il était encore capable d'espérer quoi que ce fût. L'important, conclut-il enfin, était de se remettre au travail dans un domaine lié à la médecine. A partir de là, qui sait ce qui pouvait arriver ? Une bonne chose au moins était sortie du fiasco de la nuit : sa décision de chercher un emploi.

Il était 3 heures du matin lorsqu'il s'endormit enfin.

Pour Andrea, la journée du 1er janvier parut s'étirer interminablement. Jamais, au cours de son existence, elle ne s'était sentie aussi déprimée, même si elle faisait tous ses efforts pour combattre ce sentiment.

Mais il persista et survécut à une longue promenade dans la neige, et à une foule d'autres activités dans la maison. A 4 heures de l'après-midi, elle s'assit avec un atlas en main et le feuilleta, cherchant dans quel autre Etat du pays elle pourrait bien s'installer. Car elle ne voulait plus jamais revoir le visage de Shep Wilde. S'ils restaient tous deux à Rocky Ford, ils se rencontreraient fatalement un jour ou l'autre. Il était peu probable, se rassurait-elle, que Shep aille raconter à Lucas les événements de la nuit dernière. Restait une possibilité : celle que Lucas cherche — et trouve — une occasion de les réunir de nouveau tous les trois.

A la fin pourtant, elle ferma l'atlas avec un soupir frustré. Elle ne pouvait pas encore quitter Rocky Ford. Pas avec sa peur de rencontrer Charlie Fanon suspendue au dessus de sa tête comme un lourd nuage noir. Tendue, sourcils froncés, marchant de long en large, elle parvint à une décision : si elle avait une seule fois le courage d'aller voir Charlie, elle pourrait ensuite quitter la ville avec un minimum de satisfaction, quelle que soit la manière dont il aurait réagi.

Mais elle enrageait à l'idée qu'un départ soudain donnerait à penser à Shep Wilde qu'il l'avait forcée à partir. Après tout, elle avait tout autant le droit de vivre ici que Lucas ! C'était Shep, l'intrus, que son âme noire périsse en enfer ! Pourquoi n'était-il pas resté en Californie ? Que lui importait à elle qu'il souffre encore de son divorce ? Et pourquoi avait-il couru se réfugier chez papa ? Des gens divorçaient chaque jour et bien peu en mouraient.

Arrivée à ce point de ses réflexions, Andrea dut corriger quelque peu l'agressivité de ses interrogations. Shep était revenu chez son père, d'accord, mais en toute bonne foi, elle ne pouvait croire qu'il eût voulu « se réfugier chez papa ». Ce n'était pas son genre. En fait, il était juste le contraire : un salaud au cœur froid qui n'avait besoin de personne, même pas de son propre géniteur. Rien d'étonnant à ce qu'il ait divorcé ! Etant donnée sa personnalité foncièrement égotiste, c'était un miracle qu'il ait pu trouver une femme désireuse de l'épouser. Oui, mais… il faisait tellement bien l'amour !

Quelle sotte elle faisait de se complaire dans de tels raisonnements ! Furieuse, Andrea se leva pour ranger l'atlas dans la bibliothèque.

Dehors, il faisait déjà presque noir. Encore une nuit d'hiver sous la neige, songea Andrea. Même si elle doutait de pouvoir passer une meilleure nuit que la précédente, elle prit un bain très chaud, avala un comprimé de somnifère et alla se coucher. Elle aviserait demain, ou après-demain et ainsi de suite. Que pouvait-elle faire d'autre ?

Vers 10 heures, le lendemain matin, le téléphone sonna. Le cœur s'Andrea fit une embardée. Etait-ce Lucas, Shep, ou un faux numéro ? En s'approchant du combiné, la jeune femme se dit qu'il était quand même vexant de réaliser qu'une part d'elle-même espérait entendre la voix de Shep, alors que son côté raisonnable combattait cet espoir. Son soulagement fut grand lorsqu'elle décrocha.

— Allô, Andrea ? C'est Kathleen Osterman. Disposez-vous de quelques minutes pour bavarder ?

Andrea se laissa tomber dans un fauteuil proche et, passé les préliminaires, Kathleen lui demanda :

— Andrea, vous m'avez bien parlé de certains articles que vous aviez publiés dans le journal de votre université ? J'aimerais les lire.

— Vraiment ?

L'immaturité de sa réponse fit frémir Andrea. Pourtant l'appel ne la surprenait pas, et encore moins la demande de Kathleen.

— Bien entendu, dit-elle d'une voix plus maîtrisée. Dois-je vous les apporter au bureau ?

— En fait, je préfèrerais que vous me les apportiez chez moi. Cela ne vous ennuie pas ?

— Pas du tout. Indiquez-moi seulement où et quand.

Kathleen lui fournit toutes les indications voulues et ajouta :

— Je suis certaine que vous n'aurez aucun mal à trouver. Et si vous n'avez pas d'autres projets, Andrea, je serais heureuse que vous déjeuniez avec moi. Midi vous conviendrait ?

La surprise première d'Andrea croissait de minute en minute.

— Je n'ai rien de prévu, madame Osterman, dit-elle. Je viendrai avec plaisir.

— Splendide. Et, je vous en prie, appelez-moi Kathleen.

— Comme vous voudrez. A midi, donc

Andrea posa le combiné et marmonna :

— Ciel ! Que m'arrive-t-il ?

74

En tout cas, quoi que ce puisse être, c'était terriblement excitant. Son moral remonta en flèche. Déjeuner chez Kathleen afin qu'elle puisse prendre connaissance de ses articles, était une perspective pleine d'inconnu, songeait-elle. A quoi pouvait bien penser Kathleen ? Y avait-il à la clé un emploi au *Rocky Ford News*, dans son avenir ?

— Oh mon Dieu ! murmura-t-elle, ravie de la perspective.

Il lui fallut plus d'une heure pour se préparer, tant elle était nerveuse.

Shep réintégra la maison paternelle, sourire aux lèvres. Lucas lui rendit son sourire, heureux de voir son fils de bonne humeur. Il se passait sûrement quelque chose, songea-t-il. Shep avait revêtu un costume et un manteau au lieu de ses éternels jeans.

— J'ai une bonne nouvelle, papa, dit-il en ôtant son pardessus.

Le sourire de Lucas s'élargit.

— Je l'ai su dès que tu es entré. Qu'est-ce que c'est ?

— J'ai trouvé un job à l'hôpital.

— A *notre* hôpital ?

— Au service des urgences, oui.

— Mais ce n'est pas ta spécialité ?

— C'était la seule ouverture, papa.

— Tu leur as dit que tu étais chirurgien plasticien, je pense ?

— Il s'agit d'un petit hôpital. Ils ne peuvent se permettre d'intégrer un plasticien dans leur équipe. Mais le service des urgences est parfait. Je suis heureux d'avoir obtenu le poste.

Lucas se réinstalla dans son fauteuil.

— Tu projettes de rester à Rocky Ford, alors ? Je suis rudement content, fiston.

— Eh bien, pour l'instant, oui. Je ne peux rien te promettre, papa.

— Je comprends. Tu vivras encore avec moi, j'espère ?

— Je n'y ai pas encore pensé. Es-tu certain de désirer m'avoir toujours dans les pattes ?

— Shep, lorsqu'il s'agit de toi, c'est une bénédiction. Alors ne te précipite pas pour trouver un appartement.

Shep posa la main sur l'épaule de son père.

— D'accord, papa. Je ne déménagerai pas d'ici, si tu me fais une promesse. Si je te tape sur les nerfs et que tu préfères vivre seul, il faudra me le dire.

— Cela n'arrivera pas, Shep.

— Promets-le, papa.

— Bon, c'est d'accord. Quand commences-tu à l'hôpital ?

— Ce soir. A 23 heures.

— Drôle d'heure pour prendre ton service ?

Shep hocha la tête mais il songeait que 11 heures du soir était un sacré bon moment pour un type qui souffrait justement d'insomnie.

Andrea sonna à la porte de Kathleen Osterman. Une inconnue lui ouvrit.

— Vous êtes Andrea Dillon ? demanda-t-elle.

— Oui.

— Entrez. Kathleen vous attend.

Andrea pénétra dans une vaste et élégante entrée. La femme qui l'avait reçue se présenta :

— Je m'appelle Ruth Madison. Je suis la gouvernante de Kathleen.

Elle débarrassa Andrea de son manteau et lui indiqua la porte de la bibliothèque où se trouvait Kathleen.

— Inutile de frapper, ajouta Ruth. Andrea a entendu arriver votre voiture. Elle sait que vous êtes ici.

Hochant la tête, Andrea tourna la poignée et entra. A sa grande surprise, Kathleen était étendue sur un divan, une couverture sur les genoux.

— Bonjour, Andrea, dit-elle. Venez et trouvez-vous un siège. Tenez, le fauteuil vert ira très bien. Je n'aurai pas à tourner la tête pour vous voir.

— Etes-vous souffrante ?

Andrea était perplexe. Si Kathleen était malade, pourquoi l'avait-elle invitée à déjeuner ?

— Je suppose que oui, bien que je ne me sente pas malade, répondit-elle.

Elle lui adressa un sourire sec comme le désert.

— Asseyez-vous, je vous prie, Andrea.

Andrea s'installa dans le fauteuil vert et regarda autour d'elle.

— Quelle jolie pièce !

— Je suis heureuse qu'elle vous plaise. C'est ma préférée. Avez-vous apporté vos articles ?

— Oui, ils sont là.

Andrea prit dans son sac une large enveloppe en papier kraft, se leva et alla la lui porter. Au même moment, Ruth entra, portant un grand plateau.

— Nous allons déjeuner ici, dit Kathleen. Ruth va vous installer à cette petite table et moi, je mangerai sur le plateau.

Quel instant singulier, songea Andrea. Il y avait à peine une semaine, Kathleen l'avait frappée par son dynamisme. Aujourd'hui, son maquillage ne parvenait pas à dissimuler la pâleur autour de sa bouche et les ombres sous ses yeux. Elle était vêtue d'un sweater du même bleu vif que son regard, et ses cheveux étaient aussi bien coiffés que dans le souvenir d'Andrea. Cependant, trop d'indices lui donnaient à soupçonner chez son hôtesse une maladie pour le moins grave. Seulement, il lui était impossible de manifester sa curiosité comme son inquiétude. Il lui faudrait attendre pour cela le bon vouloir de Kathleen.

Ruth fit le service avec efficacité. Elle posa devant Kathleen un bol de bouillon clair et quelques biscuits, tandis qu'Andrea avait droit à un sandwich et une salade composée.

Kathleen tira les coupures de presse de leur enveloppe.

— Je vais les lire pendant que vous déjeunerez, Andrea, dit-elle.

— J'ai préparé du thé pour Kathleen, mademoiselle Dillon, offrit Ruth. Mais si vous préférez boire autre chose…

— Cela m'ira très bien, merci Ruth.

La gouvernante quitta la pièce et Andrea, mal à l'aise, s'installa à la petite table pour déjeuner. Elle n'était plus dans la ligne de vision de Kathleen, ce qui lui permit de l'observer tandis qu'elle lisait. Une étrange sensation commençait à la gagner : le soudain intérêt de Kathleen pour ses talents d'écriture devait avoir, soupçonna-t-elle, un rapport avec sa maladie.

Elle saisit sa fourchette et mangea une bouchée. Concentrée sur sa lecture, Kathleen grignotait distraitement un biscuit. Ruth revint avec un autre plateau chargé d'une théière, de tasses, de lait, de sucre et de citron. Après avoir servi les deux femmes, elle s'éclipsa de nouveau.

Malgré l'excellente nourriture, Andrea se sentait un peu nauséeuse. Ce bizarre déjeuner la jetait dans une telle confusion d'esprit qu'elle se contenta, l'esprit inquiet, de boire son thé à petites gorgées.

Enfin, Kathleen baissa la dernière coupure. Durant quelques instants qui parurent une éternité à Andrea, elle ne dit rien, les yeux perdus dans le vide, apparemment plongée dans ses réflexions. Puis, elle tourna la tête et regarda Andrea.

— Votre style est bon. Concis, clair, vivant, sans être verbeux. Certains de vos sujets sont ennuyeux comme la pluie, mais vous avez su les rendre intéressants.

— Ils m'étaient imposés, Kathleen. Les étudiants avaient rarement le droit de choisir leur sujet.

Andrea se leva et retourna s'asseoir dans le fauteuil vert. Les compliments de Kathleen étaient un baume sur son cœur et confortaient ses espoirs de pouvoir travailler pour le *Rocky Ford News*.

— Pour des papiers d'étudiante, ils me paraissent d'un bon niveau, remarqua encore Kathleen.

— C'est très aimable à vous. Merci, murmura Andrea.

— Croyez-moi sur parole, Andrea. Je ne vous flattais pas seulement pour m'écouter parler. Et si je n'avais pas apprécié votre travail, je vous l'aurais dit en termes tout aussi précis.

Andrea ne put que sourire.

— Je veux bien vous croire.

— Parfait. Maintenant, voici la situation : mes médecins prétendent que je dois me faire opérer. En fait, si je les avais laissés faire, je serais déjà à l'hôpital. J'ai été obligée de leur faire comprendre — et cela n'a guère été facile, je vous assure — que je ne pouvais laisser mon journal péricliter sous prétexte que je serais indisponible pendant à peu près un mois. Mon mari et moi avons fondé le *Rocky Ford News*, il y a trente-deux ans. La ville comptait environ huit cents habitants et vous pouvez imaginer ce que nous pouvions en tirer financièrement. Heureusement, l'argent n'était pas un problème pour nous. Greg, mon mari, avait hérité de pas mal d'argent et la seule chose qu'il ait voulu en faire était de créer et de diriger un journal. Nous étions très jeunes alors, et très amoureux.

Kathleen sourit avec nostalgie.

— Greg adorait aussi Rocky Ford et ses environs. Enfin, quoi qu'il en soit, j'ai adhéré à son projet à cause de lui, mais il ne m'a pas fallu longtemps avant d'être possédée de la même fièvre que lui pour ce travail. Mon Dieu, ce furent de merveilleuses années !

Elle se redressa.

— Enfin, tout cela est loin, maintenant. J'ai de bons assistants au journal, Andrea, mais personne pour couvrir l'actualité. Oh bien sûr, mes employés pourraient remplir les pages de dépêches, et il y a aussi les journalistes indépendants du coin… seulement, certains événements exigent d'être traités par une bonne plume. Les événements de politique locale, par exemple. En ce moment, le conseil municipal discute de l'opportunité de construire un pont sur Access Creek. L'eau de la rivière est cruciale pour les éleveurs du pays, mais c'est aussi une menace quand elle déborde. Le pont actuel convient aux voitures mais pas aux camions qui transportent du bétail et des fournitures pour les ranchs. La situation est délicate et m'a demandé beaucoup de doigté.

— J'ai suivi vos articles, Kathleen.

Andrea sourit.

— Sur cette question en particulier, je vous lis tous les jours, de la première à la dernière ligne.

Son cœur battait la chamade. Kathleen allait lui proposer le job. Jamais elle ne pourrait se réjouir de la maladie de quelqu'un et pourtant, la perspective de travailler de nouveau, et cette fois de couvrir l'actualité et les événements importants, l'enthousiasmait.

— On pourrait croire que trouver un journaliste est tâche facile, reprit Kathleen. J'en connais beaucoup, car je suis dans le métier depuis longtemps. Hélas, s'ils sont bons, ils sont déjà pris et même si j'adore Rocky Ford et mon journal, je dois reconnaître que s'installer ici et travailler pour moi constituerait une régression pour la plupart de mes amis.

Elle plongea le regard de ses perçants yeux bleus dans celui d'Andrea.

— Tel ne serait pas votre cas, n'est-ce pas ?

Andrea se mit à rire.

— Si j'abandonnais mon oisiveté pour traiter les nouvelles locales ? Non, Kathleen, en effet.

Il lui était difficile maintenant de dissimuler son excitation.

— Bon, pensez-vous que vous pourriez vous en tirer ?

— Etes-vous en train de m'offrir un job, Kathleen ?

— Votre expérience est si limitée que, je dois l'admettre, je ne suis pas très excitée par la perspective, mais oui, je vous offre un emploi. Vous n'auriez pas à vous mêler du travail des autres. Dave Collins est déjà chargé des comptes et des recettes. Votre tâche consisterait uniquement à rassembler et à rédiger les nouvelles locales importantes. Puisque vous avez lu mes articles avec autant d'attention, vous devez savoir ce que je considère comme important.

— J'accepte votre offre avec plaisir, déclara Andrea avec un calme qu'elle ne ressentait pas.

— Sans discuter de votre salaire ?

Le ton était ironique.

— Je suis certaine que vous serez correcte.

— Et l'argent n'est pas un problème, n'est-ce pas ? ajouta Kathleen. C'est bien ce que vous m'avez dit, l'autre jour au bureau ?

— En effet.

— Ainsi, vous êtes comme Greg : financièrement indépendante et amoureuse du journalisme ?

— Je ne suis pas riche, Kathleen, mais j'ai suffisamment d'argent pour vivre confortablement, dit calmement Andrea.

— Et vous n'aimez guère en parler. Comme Greg…

— Qu'est-il arrivé à M. Osterman, Kathleen ?

— Il est mort il y a quatorze ans. Une crise cardiaque. Exactement ce que les médecins essaient d'empêcher qu'il m'arrive.

— Vous avez des problèmes cardiaques ?

— La totale, oui. Mais je préfère ne pas y penser. Votre salaire sera de trois cents dollars par semaine. Je voudrais que vous commenciez demain matin à 8 heures tapantes. Vous pourrez utiliser mon bureau et mes notes.

Les problèmes médicaux de Kathleen semblaient beaucoup plus sérieux qu'Andrea ne l'avait estimé. Son enthousiasme décrût soudain.

— Votre opération est-elle déjà programmée ? demanda-t-elle un ton plus bas.

— Oui, pour après-demain. J'entrerai demain matin à l'hôpital de Missoula. Quand j'aurai retrouvé ma lucidité, j'appellerai le journal et demanderai à parler à chacun, y compris à vous.

— Je comprends.

Kathleen la considéra un long moment.

— Ne me décevez pas, ajouta-t-elle. Comprenez que je place beaucoup de foi et de confiance dans une personne que je connais à peine.

— J'en suis consciente et j'apprécie la confiance que vous m'accordez. Je ne vous décevrai pas, Kathleen. Je vous le promets.

— Vous pouvez partir, maintenant. Je me sens très fatiguée.

Andrea se leva. Kathleen avait, en effet, l'air épuisé.

— Je suis vraiment désolée que vous soyez malade, dit Andrea d'une voix paisible.

Kathleen sourit, sans humour excessif.

— Pas autant que moi, jeune femme !

Et, après une pause, elle ajouta :

— Il faut que vous le sachiez : il est possible que je ne survive pas à l'intervention. Si cela arrive, Dave Collins prendra les choses en mains. Il mettra le journal en vente, puisque je n'ai pas d'héritier. Le montant de la vente ira à l'université du Montana. N'ayez pas l'air aussi bouleversé, Andrea. Nous devons tous partir un jour. J'ai aussi donné à Dave des instructions précises pour que le journal continue. Votre emploi est garanti jusqu'à ce que les nouveaux propriétaires interviennent et décident de votre sort, à vous et aux autres employés.

Les yeux et le nez d'Andrea la picotaient de toutes les larmes qu'elle ne pouvait verser.

— Je suis certaine que vous surmonterez cela, Kathleen, dit-elle d'une voix mal assurée. Vous êtes une battante.

Kathleen émit un petit rire brisé.

— Vous avez raison sur ce point. Allez-vous en vite, maintenant. J'ai un besoin désespéré de faire une sieste.

Andrea ajusta la bride de son sac sur son épaule.

— Au revoir et merci. J'attends votre premier appel dans quelques jours.

Les paupières de Kathleen étaient déjà closes et elle ne répondit pas. Andrea se glissa hors de la pièce, ferma la porte et, les jambes faibles, s'adossa au mur du hall.

Ruth fit son apparition.

— Elle va bien ?

— Elle dort, dit Andrea.

Un sanglot lui noua la gorge puis s'échappa.

— Je n'avais pas la moindre idée, quand je suis arrivée…

— Je sais.

Andrea se redressa.

— Je vais m'en aller, maintenant. Je suis certaine que nous nous reverrons, Ruth. Et merci pour le déjeuner.

En sortant de la maison, Andrea aspira une longue goulée d'air froid. Dans la voiture qui la ramenait chez elle, une foule de sentiments l'agitaient. Elle venait de trouver un emploi qu'elle était certaine d'adorer. Mais à quel terrible prix !

— Portez-vous bien, Kathleen, chuchota-t-elle. Je vous en prie, portez-vous bien.

6.

Shep s'en retournait chez lui après ses huit heures de garde à l'hôpital. Il y était presque lorsqu'il vit arriver la voiture d'Andrea. Au passage, il klaxonna et lui fit un signe de la main. Non seulement elle ne l'imita pas, mais elle ne regarda même pas de son côté. Mécontent, il fronça les sourcils. Etait-ce là le sort de leur relation, à l'avenir ? Avait-elle l'intention de l'ignorer indéfiniment pour le punir de ses égarements du jour de l'an ? Pourtant, songea-t-il sur la défensive, il n'avait rien fait qu'elle n'ait également désiré. En outre, il avait sincèrement tenté de s'excuser d'avoir franchi la ligne rouge ; que voulait-elle de plus ?

Sans doute le mettre plus bas que terre, marmonna-t-il. Toute cette histoire l'irritait au plus haut point. D'abord, il ne voulait pas qu'Andrea soit en colère contre lui. Ensuite, sa propre mémoire le harcelait sans trêve, à lui rappeler chaque infime détail de leur étreinte passionnée. Un homme normal, se disait-il, n'oubliait pas aisément la sorte de furieuse joute sexuelle qui les avait réunis, Andrea et lui. Il y avait encore autre chose : Andrea lui plaisait. Une certitude qui, même s'il l'avait réalisée un peu tard, ne cessait de croître tout au fond de lui. Donc, il l'aimait bien ; il désirait tout au moins son amitié. Et elle ne lui faisait même pas un signe de la main ! Perplexe, il secoua la tête et tourna dans l'allée de son père.

Lucas était dans la cuisine lorsque Shep entra.

— Bonjour, fils. Comment va le travail ? furent ses premières paroles.

Une odeur de saucisses grillées monta aux narines de Shep qui se sentit soudain tenaillé par une faim de loup.

— En comparaison avec les urgences de Los Angeles, dit-il, c'est le jour et la nuit. Mais tout s'est bien passé, papa. Je vais faire un brin de toilette. Mmm, ces saucisses sentent rudement bon !

Ils bavardèrent tranquillement tous les deux en prenant le petit déjeuner. Shep répondit aux questions de son père et lui relata plusieurs épisodes de sa garde de nuit mais, comme il le confia à Lucas, il ne s'était rien passé de grave.

Son plus grand problème, conclut-il en son for intérieur, serait sans doute d'échapper à l'ennui. Il avait fait la connaissance de toute l'équipe médicale, s'était familiarisé avec les lieux et, faute de « clients », s'était à la fin plongé dans la lecture de diverses revues médicales. Et bien sûr, il n'avait cessé de penser à Andrea…

— En revenant, j'ai aperçu la voiture d'Andrea, déclara-t-il avec une nonchalance étudiée. Où crois-tu qu'elle allait à une heure aussi matinale ?

Lucas haussa les épaules. Il but une gorgée de café et posa sa tasse.

— J'ai remarqué qu'il lui arrive d'aller et venir à des heures bizarres. Même au milieu de la nuit !

Shep haussa les sourcils.

— Où pourrait-elle donc se rendre au beau milieu de la nuit ?

— Si je le savais ? Elle ne parle pas beaucoup d'elle, tu sais. De mon côté, je n'ai jamais été homme à mettre mon nez dans les affaires d'autrui. Enfin, si elle est sortie tôt ce matin, ça me paraît plutôt normal. Il devait être autour de 7 heures et demi, non ?

— Oui, en effet, approuva Shep.

Il regarda son père.

— Tu ne sais pas grand-chose d'elle, hein ?

Lucas secoua lentement la tête.

— Non, je ne peux pas dire ça. Je sais que sa mère est morte en février, l'an dernier. Puis Andrea est arrivée à Rocky Ford au printemps.

— Et elle a loué la maison d'à-côté.

— Non. Elle n'y a emménagé que pendant l'été.

— Alors où était-elle dans l'intervalle ?

De nouveau, les épaules de Lucas se soulevèrent.

— Elle ne me l'a jamais dit. Elle était peut-être chez des amis ?

Shep se renfonça sur sa chaise.

— Je ne crois pas qu'elle ait des amis, papa. A part toi.

— Voyons, ça ne peut pas être vrai, Shep. Une gentille fille comme elle ! Non, je ne peux pas le croire.

— As-tu jamais rencontré aucun de ses amis ?

— Tu sais, je ne suis pas du genre à rester collé à la barrière pour voir ce qui se passe à côté.

— Non, mais tu as entendu sa voiture partir en pleine nuit. Il n'est pas impossible que tu aies pu remarquer un… une fête, par exemple. Tu aurais du mal à ne pas apercevoir un groupe de voitures parquées dans le coin, n'est-ce pas ? Jamais vu quelque chose de ce genre ?

— Dis-moi Shep, t'intéresserais-tu par hasard à ma jolie voisine ? demanda Lucas d'un air taquin.

Shep resta pensif un instant. Puis il enfourna une bouchée de crêpe et opina :

— C'est possible, papa.

Le sourire de Lucas s'élargit encore.

— Tu ne peux pas imaginer à quel point cela me fait plaisir. Andrea est une merveilleuse jeune femme.

Shep lui décocha un petit sourire goguenard.

— Comment peux-tu en être sûr, alors que tu admets ne pas bien la connaître ?

Lucas arbora son habituelle expression entêtée.

— Je le sais, c'est tout.

Shep baissa les armes.

— D'accord, papa. Je veux bien te croire !

Il se leva.

— Je vais me coucher. Merci pour ce somptueux petit déjeuner.

Andrea gara sa voiture et entra, le cœur serré, dans l'immeuble du journal. Comment les employés de Kathleen Osterman l'accueilleraient-ils ? se demandait-elle. La considèreraient-ils comme une intruse ? Une chance encore que Kathleen les ait prévenus de l'attendre !

A son grand soulagement, les deux femmes de l'accueil la reçurent avec chaleur et l'imprimeur abandonna même son domaine pour lui dire bonjour. Il s'appelait Duane Kemp et devait avoir la quarantaine. Sally, la secrétaire, lui apporta un café, et Grace lui offrit un beignet qu'elle refusa poliment. Elle dut ensuite répondre de son mieux à une foule de questions, pendant que Duane s'éclipsait. Enfin, elle put s'arracher aux deux femmes et s'enferma dans le bureau de Kathleen.

C'était un endroit étonnant. Son café à la main, elle passa tout en revue, depuis les piles de livres et de papiers jusqu'aux articles et aux photos encadrées, accrochés aux murs. Parmi les portraits, ceux de gens importants et connus : hommes politiques, artistes de cinéma, stars de la télévision, etc. Visiblement, tout ce qui avait un nom et qui était passé à Rocky Ford avait été dûment interviewé et photographié. Kathleen ne laissait rien au hasard...

Andrea admira le travail accompli qui, du reste, avait été reconnu et récompensé, comme en témoignaient diverses plaques et prix offerts à Kathleen pour sa réussite exceptionnelle dans le domaine du journalisme.

Puis, Andrea tomba sur une autre photo, très émouvante. Une Kathleen toute jeune et rayonnante de beauté y souriait à un séduisant jeune homme brun. Probablement, songea Andrea, Greg Osterman, le mari de Kathleen. Elle considéra la photo un long moment. L'amour de ce couple était éclatant. Et combien merveilleux…

Ses pensées se tournèrent vers Shep Wilde et elle se mordilla douloureusement la lèvre inférieure. Il était le premier homme avec lequel elle s'était immédiatement inventé un avenir. Le premier avec qui elle avait fait l'amour sans le connaître. L'unique dont elle était tombée amoureuse au premier regard.

Au bout d'un instant, elle secoua la tête et alla s'asseoir derrière le bureau de Kathleen. Penser à Shep était du temps perdu et débouchait en général sur une migraine. D'accord, il lui avait fait battre le cœur comme cela ne lui était jamais arrivé. Mais que signifiait son petit manège de ce matin ? S'imaginait-il qu'elle allait lui sourire ? Lui répondre peut-être ? Ne savait-il pas à quel point ses excuses cruelles et arrogantes l'avaient blessée ?

Andrea posa sa tasse et commença à ouvrir les tiroirs pour jeter un coup d'œil aux notes mentionnées par Kathleen. En toute honnêteté, elle ignorait par quel bout commencer son travail. Il n'y avait personne non plus pour lui venir en aide. Elle allait devoir se débrouiller toute seule.

Soudain, un sentiment de forte détermination s'empara d'elle. Elle trouverait sa voie et elle réussirait. Et puis elle ferait en sorte que Kathleen soit fière d'elle.

D'une certaine manière, l'approbation de Kathleen Osterman lui parut tout à coup absolument cruciale.

Malgré sa fatigue, Shep eut du mal à s'endormir. Par moments, gisant tout éveillé dans son lit, il retournait dans sa tête le problème qui le hantait. Au point qu'il prit enfin une décision : il ne se reposerait pas tranquillement tant qu'Andrea et lui ne seraient pas amis. Il pouvait très bien comprendre qu'elle refuse autre chose qu'une pure amitié, mais ignorer mutuellement leur existence était puéril et ridicule.

Levé aux alentours de 15 heures, il prit une douche, se rasa et revêtit des vêtements frais. Lucas s'était absenté, et la maison était vide, comme il le découvrit en gagnant la cuisine. Il se fit du café, se confectionna un sandwich et parcourut le journal local tout en mangeant.

Lorsqu'il sortit, après avoir enfilé sa veste et mis ses gants, il faisait froid. Le ciel était couvert, promesse d'une nouvelle chute de neige. Enfant de Rocky Ford, Shep avait connu bien des hivers, dont certains excessivement enneigés, d'autres plutôt doux. Celui-ci, apparemment, faisait partie des plus rigoureux. Cela lui convenait parfaitement et lui permettait d'oublier le sud de la Californie. Le Montana et Los Angeles étaient comme deux planètes différentes, songeait-il. S'il était resté en Californie, il n'aurait pas pu guérir. Par contre, son nouveau job et la responsabilité qui en découlait constitueraient une étape décisive dans son processus de guérison. Comme également de reprendre goût à la compagnie d'une autre femme…

D'un pas décidé, il alla frapper à la porte d'Andrea. Hélas, après trois essais infructueux, il se renfrogna. Andrea s'était-elle absentée ? Sa voiture n'était pas visible et la porte du garage était fermée. Où pouvait-elle bien passer une journée entière ? se demanda-t-il. Et avec qui ?

Et si elle était chez elle, pourquoi refuserait-elle volontairement de lui répondre ? Une fois encore, il cria : « Andrea ? », en tambourinant sur la porte. Mais tout resta silencieux. Alors, Shep se dirigea vers le garage. Par une petite fenêtre percée dans le mur, il glissa un coup d'œil à l'intérieur. Le local était vide. Étouffant un juron, il retourna d'un pas pesant vers la maison paternelle.

Lucas revint chez lui peu après. Il était passé à l'épicerie et Shep l'aida à rentrer ses paquets.

— Tu as bien dormi ? lui demanda son père.

— Oui, répondit Shep.

Ce qui était un pur mensonge.

Quand le contenu de la voiture fut déposé sur le plan de travail de la cuisine, Lucas ôta sa veste et se mit à ranger ses achats.

— Au fait, lança Shep d'un ton négligent, j'ai fait un saut chez Andrea. Elle n'était pas là.

Lucas lui jeta un coup d'œil par dessus son épaule.

— Ah bon ?

Shep poussa un soupir. Visiblement, son père ne trouvait rien d'anormal à l'absence de la jeune femme.

— On dirait qu'elle est partie pour la journée, ajouta-t-il.

Il espérait que Lucas lui répondrait « Ah oui, elle va voir de temps à autre une amie à Billings ». Ou quelque autre commentaire du même genre.

— Possible, dit simplement Lucas.

Frustré, Shep laissa tomber le sujet et se mit à vider un sac de son contenu. Andrea reviendrait bien, tôt ou tard !

Il espérait seulement qu'elle le ferait avant son départ pour l'hôpital, à 10 heures et demi.

Le cerveau d'Andrea était totalement saturé par une quantité d'informations concernant son travail — pour lequel d'ailleurs, elle n'avait encore trouvé aucun point de départ. Sa tension nerveuse était si forte qu'elle avait mal à la tête et à l'estomac. Elle avait passé des heures à éplucher les notes de Kathleen, gribouillées sur des bouts de papier et sans le moindre sens pour elle.

Le journal avait paru aujourd'hui et il y aurait une autre édition le samedi. Andrea avait discuté avec Duane Kemp de la matière prévue pour le prochain numéro. En revenant chez elle, elle se souvint qu'il l'avait considérée d'un air indécis, comme s'il lui avait demandé « Et vous, quelle sera votre contribution à l'édition de samedi ? »

Eh bien, elle n'en savait rien du tout ! Pas la moindre idée pour l'éditorial qui figurait toujours en page deux du journal ! Kathleen y exprimait son opinion sur des sujets brûlants. En réalité, Andrea ignorait tout de ce qui pouvait constituer un sujet de controverse à Rocky Ford. A la fin, une terrible frustration la submergea. On venait de lui offrir une occasion de prouver son talent de journaliste et voilà qu'elle séchait ? Où était donc passée son imagination ?

A toutes fins utiles, elle avait quitté le bureau en emportant avec elle la grande enveloppe en papier kraft qui contenait les notes de Kathleen. Elle l'avait posée à côté d'elle sur la banquette et, de temps à autre, jetait dessus des regards circonspects. S'il ne lui venait aucune idée personnelle, songeait-elle, il lui faudrait absolument utiliser ces notes. Par chance, elle avait un ordinateur portable. Elle travaillerait toute la nuit si nécessaire et écrirait quelque chose de bien, ou elle en mourrait !

Elle s'engagea dans son allée et actionna la télécommande d'ouverture du garage. La neige avait recommencé à tomber vers 16 heures et s'entassait rapidement. De toute évidence, il lui faudrait nettoyer l'allée demain matin avant son départ.

Avec un lourd soupir, Andrea rentra la voiture, ramassa son sac et l'enveloppe et réintégra sa maison.

Son premier mouvement fut de se laisser choir dans son fauteuil favori. Qu'il était doux d'être enfin chez soi ! Elle en aurait presque pleuré tant la journée l'avait épuisée. Vraiment, on l'avait chargée d'un travail peu ordinaire ! A quoi Kathleen avait-elle bien pu songer en imaginant qu'elle saurait s'en tirer ?

Elle était toujours assise, sans même avoir ôté son manteau, avec son sac et l'enveloppe encore sur les genoux, lorsqu'on frappa à la porte d'entrée.

— Oh non ! grogna-t-elle ?

Trop lasse pour faire appel à son habituelle prudence, elle s'obligea à s'extraire de son fauteuil et se dirigea vers la porte.

— Qui est là ?

— C'est Shep. Il faut que je vous parle.

Lui peut-être, songea-t-elle, mais *elle*, n'avait strictement rien à lui dire.

— Désolée, dit-elle d'une voix morne. Cela ne m'intéresse pas.

— Je vous en prie, Andrea ! Ouvrez-moi. Je n'en n'ai que pour quelques minutes.

Andrea soupira.

— Shep, allez-vous-en ! J'ai travaillé toute la journée, je suis fatiguée et…

— Ah ? Vous avez travaillé ? Qu'avez-vous fait ?

— Cela ne vous regarde pas ?

Elle se sentit idiote à crier de la sorte à travers la porte, mais pourquoi ne partait-il pas ? Pourquoi ne la laissait-il pas tranquille ? N'avait-il pas infligé suffisamment de dommages à son ego ? Que voulait-il de plus ?

— Andrea, avez-vous vraiment trouvé un emploi ? Si oui, c'est une étrange coïncidence, parce que moi aussi, j'en ai trouvé un.

Andrea fronça les sourcils. Quelque part, sa curiosité avait été piquée. Elle ouvrit la porte.

— C'est la raison de votre visite ? Vous désirez me parler de votre travail ?

Une fois l'obstacle de la porte éliminé, Shep ressentit de plein fouet l'impact du magnétisme d'Andrea. Dans son long manteau gris foncé, elle était très belle. Une écharpe d'un vert vif était enroulée autour de son cou et elle était chaussée de boots noirs à hauts talons. Une onde de désir lui lacéra le ventre.

— Non, répondit-il enfin avec franchise. Mais si nous oublions l'animosité qui nous sépare, j'aimerais vous en parler.

— Alors, vous admettez qu'il existe de l'animosité entre nous ?

Andrea s'exprimait froidement, comme si elle n'était pas consciente de la beauté des traits de son visiteur, ni des flocons de neige qui émaillaient son épaisse chevelure sombre.

— Bien entendu, je l'admets ! dit Shep tranquillement. Puis-je entrer, Andrea ?

— Pour parler, alors ?

— Oui, pour parler.

— Et rien d'autre ?

— Promis.

C'est le fils de Lucas, se dit-elle. Et puis, elle était curieuse. De quel travail parlait-il donc ?

— Très bien, concéda-t-elle.

Après s'être reculée pour le laisser entrer, Andrea ferma la porte et se débarrassa de son manteau et de son écharpe. Puis, elle se dirigea d'un pas raide vers son fauteuil et posa son sac et l'enveloppe kraft sur la table avant de s'asseoir.

— Asseyez-vous si vous le désirez, dit-elle.

— Merci.

Sa veste entre les mains, il s'installa sur le sofa et regarda autour de lui.

— Il y a beaucoup plus de place, sans le sapin de Noël, n'est-ce pas ?

Mais Andrea n'était pas là pour papoter.

— Venez-en au fait, Shep. Pourquoi êtes-vous venu ?

Leurs regards se croisèrent.

— Pour effacer l'animosité en question, Andrea. Il n'y a aucune raison pour que nous ne soyons pas amis.

L'expression d'Andrea demeura froide et lointaine.

— Le croyez-vous vraiment ?

En silence, Shep étudia longuement ses traits. Elle désirait la vérité ? Eh bien, elle allait l'avoir.

— Non, dit-il doucement. Je ne crois pas que vous et moi puissions être seulement amis.

Sa sincérité la prit de court.

— N'est-ce pas là une volte-face plutôt abrupte ? demanda-t-elle, au bout d'une seconde. D'abord vous parlez d'amitié et l'instant d'après, vous revenez dessus. J'ignore comment je dois le prendre, Shep. Je ne sais que croire à votre sujet.

— Vous ne doutiez pas autant le soir du nouvel an.

Elle devint écarlate.

— Peut-être bien, mais tout le monde a le droit de faire une bourde monumentale, de temps à autre ?

— C'est ainsi que vous voyez la chose… une bourde ?

— Je l'ai dit, oui.

Tout à coup, Andrea se sentit trop énervée pour rester assise. Elle se leva d'un bond.

— Et vous avez ressenti exactement la même chose, sinon vous ne vous seriez pas excusé. Alors, je vous en prie, n'insultez pas mon intelligence en le niant.

Shep se leva à son tour.

— Je ne nie rien, Andrea. Sur le moment, en effet, cela me semblait être une erreur.

— Et plus maintenant ? fit-elle, sarcastique.

Il ignora le ton et opina tranquillement.

— C'est exact.

— Alors, suis-je censée sauter de joie parce que vous avez changé d'avis ? Vous devez me prendre pour la dernière des idiotes ?

Les mains de Shep le démangeaient tant il avait envie de la toucher. Il fit un pas en avant.

— Je ne pense rien de la sorte. Et votre intelligence est aussi évidente que votre beauté.

Andrea avait remarqué son mouvement ainsi que le subtil changement d'atmosphère. Il se lisait dans les yeux de Shep, dans son maintien. Le compliment ne fit que renforcer cette impression.

94

— Ne vous approchez pas davantage, dit-elle. Et ne gaspillez pas votre souffle en flatteries inutiles. Cela ne vous mènerait à rien.

— Vraiment ? Qu'est-ce qui vous donne à penser que j'aie de quelconques intentions ?

Il avait fait un autre pas. Un très grand pas. Andrea recula, mais la pièce était petite et elle sentit contre ses hanches le rebord d'un guéridon sur lequel étaient posés une lampe et une bonbonnière en cristal.

— Vous avez parlé avec beaucoup trop de douceur, rétorqua-t-elle.

Elle espérait paraître sûre d'elle et de ses émotions… mais c'était loin d'être le cas ; son cœur battait la chamade et sa féminité long-temps déniée s'affolait. Cet homme qu'elle avait souvent prétendu haïr irradiait quelque chose contre quoi elle n'avait jamais eu à se battre auparavant. Elle ne parvenait pas à mettre un nom dessus et cela la mettait en rage, car la sensation semblait littéralement la dévorer.

— Peut-être… peut-être feriez- vous mieux de partir, mainte-nant ? balbutia-t-elle.

Shep fit un dernier pas qui le plaça exactement devant elle. Son regard sombre où brûlait un feu intérieur était rivé sur le sien.

— Vous avez un pouvoir sur moi, Andrea. Je suis venu ici sim-plement en quête d'amitié. Votre façon de me croiser en voiture ce matin, sans même m'adresser un signe, m'a perturbé toute la journée. Je n'ai pas cessé de me répéter : pourquoi ne pas être amis ? Nous sommes voisins et, d'après ce que je sais, nous allons le demeurer longtemps. Croyez-vous que j'aie eu envie de dire à mon père pourquoi vous étiez irritée contre moi ? Et vous ? La réponse aux deux questions est non. Aucun de nous deux ne voudrait que mon père apprenne ce qui s'est passé entre nous.

Shep leva une main et enroula une boucle des cheveux de la jeune femme autour de son petit doigt. Il aurait pu jurer qu'il n'était pas venu pour cela, qu'il était sincère en prétendant ne rechercher que l'amitié d'Andrea… mais elle était si belle et tellement, tellement désirable !

De son côté, Andrea ne parvenait pas à le quitter des yeux. Il était si près qu'elle pouvait sentir son odeur saine. Sa main tout près de son visage, ses doigts dans ses cheveux, semblaient avoir sur elle un effet hypnotique. Si elle ne bougeait pas, ne prenait aucune initiative, Shep allait l'embrasser… et elle savait trop bien où pouvaient les mener ses baisers.

Shep le savait aussi. Il baissa lentement la tête et posa ses lèvres sur les siennes. Aussitôt, Andrea eut l'impression que toute l'énergie de son corps la désertait. Sans force, les genoux faibles, elle se laissa aller contre Shep. Aussitôt, il l'entoura de ses bras pour la soutenir, mais aussi pour savourer la stimulation que la proximité de ce corps produisait sur le sien. Il approfondit son baiser jusqu'au moment où la gorge d'Andrea laissa échapper des petits gémissements rauques. La respiration de Shep était rapide et irrégulière. Il leva la tête et regarda Andrea au fond des yeux.

— Il est impossible que vous soyez irritée contre moi et que vous m'embrassiez ainsi, murmura-t-il d'une voix entrecoupée.

— Sans doute, répondit-elle sur le même ton.

Toutes traces de ressentiment et de colère semblaient s'être évanouies.

— Mais ce n'est pas exact, Shep. Je n'ai jamais eu de liaison et je n'ai pas envie d'en avoir une maintenant. Nous nous connaissons à peine. Ce qui est arrivé au jour de l'an était une erreur. C'était peut-être le champagne, ou un sentiment de solitude ? N'importe, je vous demande maintenant de vous arrêter.

— M'arrêter ? répéta-t-il, incrédule.

— Oui.

Shep lut dans les yeux d'Andrea une supplique qu'il ne pouvait ignorer. C'était à peu près la chose la plus difficile qu'il eût été forcé de faire. Cependant, retenant son souffle, il fit un pas en arrière et la laissa aller.

96

Andrea posa une main sur le guéridon et porta l'autre à son cou.

— Merci, dit-elle d'une voix enrouée.

Shep ne parvenait pas à la quitter des yeux.

— Vous savez que je vous désire ?

— Oui. Seulement, chaque chose en son temps. Au jour de l'an, nous étions un peu fous. Moi, en tout cas. Je ne couche pas avec les hommes que je ne connais pas, Shep. Et vous aussi, avez regretté ce moment.

— J'ai juste été … surpris,

Comme elle se sentait un peu plus forte, Andrea s'assit dans le fauteuil.

— Disons que nous l'avons été tous les deux.

Alors, Shep réalisa qu'elle ne lui en voulait plus. S'ils devaient encore se croiser en voiture, elle lui sourirait et lui ferait signe de la main. Peut-être aussi avait-elle raison en affirmant qu'il ne fallait pas trop presser les choses dans une relation ? Il reprit sa place sur le divan.

— J'ai un travail, déclara-t-il tout de go.

Andrea ouvrit de grands yeux.

— Moi aussi ! Où travaillez-vous ?

— A l'hôpital, au service des urgences. Et vous ?

— Au journal. Avez-vous déjà lu le *Rocky Ford News* ?

Shep hocha la tête.

— Très souvent. Etait-ce là que vous alliez ce matin ?

— Oui, pour mon premier jour de travail.

— Et vous y faites quoi, Andrea ?

Andrea s'efforça de répondre calmement :

— Je suis rédactrice et éditorialiste.

— Etait-ce votre métier, en Californie ?

Elle détourna le regard.

— Plus ou moins.

Seigneur ! songea-t-elle de nouveau. Qu'allait-elle bien pouvoir faire pour cet éditorial ? Si elle ne trouvait pas un sujet d'article pour l'édition de samedi, elle devrait au moins rédiger l'éditorial. Son regard se posa de nouveau sur Shep et soudain, une idée la frappa.

— Cela ne vous dérangerait pas de voir votre nom dans le journal ? demanda-t-elle.

— Pardon ?

— J'aimerais écrire quelque chose sur les nouveaux venus en ville.

Elle commençait à s'exciter sur l'idée.

— Vous voyez… ce qui les a amenés là, ce qu'ils y font, des choses comme ça…

— Il n'est pas question que je laisse un journaliste expliquer les raisons de mon retour à Rocky Ford !

— J'y suis ! s'exclama-t-elle. L'article ne traiterait pas seulement des nouveaux venus, mais des gens qui y ont vécu et y reviennent. Shep, si je donne un ton impersonnel au sujet et si je me concentre seulement sur les sentiments que vous éprouvez en revenant dans votre ville ainsi que sur votre travail, et…

Andrea s'était mise à marcher de long en large.

— Oh, il y a tant de choses à raconter !

Elle se tourna vers lui et lui adressa un regard implorant.

— Dites oui, je vous en prie. Je vous promets de vous le faire lire avant que tout le monde ne le voie.

Les pupilles de Shep se rétrécirent légèrement. Quel ton désespéré ! se dit-il, intrigué, mais il savait désormais qu'Andrea devenait très importante à ses yeux. Refuser sa demande aboutirait à faire régresser de beaucoup leur relation naissante. Oui, mais pas question de lire sa propre histoire dans la feuille de chou locale ! Il choisit donc d'éviter pour l'instant un refus pur et simple.

— Et si je n'apprécie pas ce que vous aurez écrit ? demanda-t-il.

— Je ferai des modifications. Votre vie privée le restera. Vous avez ma parole.

Sa « vie privée », songea-t-il, tournait pour l'instant autour d'elle. Etrange, non ? Il était revenu chez lui brisé par son divorce et, curieusement, il ne s'en souciait plus guère. Néanmoins, il ne voulait pas devenir, par le biais d'un article, l'objet de la curiosité de la population de Rocky Ford. Non, vraiment, l'idée d'Andrea ne lui plaisait pas du tout.

— Ecoutez, dit-il, soucieux de ne pas lui opposer un refus catégorique. Donnez-moi un peu de temps pour y réfléchir. Peut-être pourrons-nous trouver une solution ?

— Shep, il ne me reste plus de temps. Il me faut cet article pour l'édition de samedi.

Le ton était pressant et Shep sentit son cœur sombrer. Dire qu'ils avaient tellement progressé ce soir ! Fallait-il vraiment gâcher cela ? Seulement, il n'était pas question se voir son nom et son histoire figurer dans le journal, même discrètement.

— Il s'agit bien d'un nouveau projet ? questionna-t-il.

Toute l'excitation qu'Andrea avait ressentie jusque là s'évapora. S'il avait l'intention de l'aider, il l'aurait déjà dit.

— Vous le savez parfaitement, répondit-elle d'une voix calme. Vous ne voulez pas, c'est bien ça ?

Shep se leva et s'avança vers elle. Elle ne broncha pas, ne recula pas lorsqu'il lui prit le menton et plongea son regard dans le sien.

— Avez-vous la moindre idée de la difficulté que j'éprouve à vous refuser quelque chose qui vous semble tellement important ? demanda-t-il avec douceur.

— Mais vous êtes opposé au projet et vous devez dire non, n'est-ce pas ?

— En êtes-vous irritée ?

Pouvait-elle lui en vouloir encore ? se demanda Andrea. Ce soir, il avait fait tomber les défenses qu'elle avait élevées contre son charme ravageur, et elle doutait de pouvoir les dresser de nouveau. Elle poussa un gros soupir.

— Je ne suis pas en colère.

— Merci, Andrea. murmura-t-il.

Il la prit dans ses bras et commença à caresser la tête posée contre sa poitrine. L'inévitable était en train de se produire, se dit-il. Seulement, il avait accepté le principe de prendre les choses l'une après l'autre dans leur relation. Alors, pas question d'agir impulsivement et de s'abandonner à des rêveries érotiques.

Au bout d'un instant, Andrea s'écarta de lui.

— J'ai un travail à faire. Ne le prenez pas mal, mais je vais vous demander de vous en aller.

Il étudia le joli visage, en quête de quelques signes de mensonge. Il n'en trouva aucun. Elle disait donc vrai : elle avait du travail et souhaitait rester seule.

Il reprit sa veste.

— Voulez-vous dîner avec moi demain soir ?

— Je… je ne sais pas. Est-ce que nos horaires coïncident ?

— Je pars travailler à 22 h 30. Mon tour de garde va de 23 heures à 8 heures du matin. Quand nous nous sommes croisés ce matin, je revenais de ma première nuit de travail.

— Vous travaillez la nuit ?

Il y avait de la surprise dans les yeux d'Andrea. Shep eut un léger sourire.

— C'était la seule possibilité. C'est un emploi, Andrea, et je suis heureux de l'avoir.

— Mais vous avez une spécialité !

— Exactement les mots de mon père ! Pour l'instant, les urgences me conviennent parfaitement. Pour en revenir au dîner demain soir…

Andrea l'interrompit.

— Tout dépendra de ce que j'aurai pu accomplir ce soir et demain matin au bureau. Pouvons-nous laisser la question ouverte ?

— Certainement. Aucun problème.

Shep endossa sa veste et se dirigea vers la porte, suivi d'Andrea. Juste avant de tourner la poignée, il lui reprit le menton et lui baisa doucement les lèvres.

Andrea retint son souffle. Comme il serait facile… et merveilleux, de lui demander de rester ! Il avait des heures devant lui avant de reprendre sa garde. Ils pourraient faire l'amour et recommencer, encore et encore…

Brusquement, elle mit fin au baiser et esquissa un sourire.

— Conduisez prudemment ce soir. Les routes étaient déjà bloquées quand je suis revenue.

Il hocha la tête.

— On se voit demain.

Dehors, il se sentit bien et, insensible au froid, il se fraya un chemin vers la maison de son père à travers la neige qui tombait en abondance.

7.

Andrea persistait à penser que son idée d'article était bonne. Il n'y avait qu'un ennui : elle ne savait pas par quoi commencer. Shep aurait constitué un premier sujet intéressant, et elle était très déçue par son refus. Elle pouvait aussi comprendre son besoin d'intimité. Impossible alors de lui en tenir rigueur. En attendant de trouver une idée pour la prochaine édition, elle devait tout de même écrire son éditorial. Kathleen ne l'avait pas positivement chargée de le faire en son absence, mais en réalité, elle n'avait rien spécifié du tout. Peut-être souhaitait-elle simplement sa présence au cas où un quelconque événement interviendrait dans un domaine pour lequel il fallait une personne ayant une compétence journalistique ?

Pourtant, l'expérience d'Andrea était fort limitée. Quoi qu'il en soit, elle devait sans doute reconnaître sa chance et cesser de se poser des questions sur les raisons qui avaient poussé Kathleen à l'engager.

Ce qu'elle ne pouvait pourtant pas juger sans importance était l'opportunité qui lui avait été offerte. Elle se devait donc de justifier la foi que la directrice du journal avait placée en elle et rédiger au moins un bon article sous sa signature dans chaque édition du journal. Ou alors, un éditorial acceptable…

Après s'être préparé un repas léger, Andrea prit une douche et enfila ses vêtements de nuit sans cesser de se creuser la tête, à la recherche d'un sujet. Cependant, mêlées à son excitation et à ses soucis professionnels, ses pensées s'envolaient aussi vers Shep. Quels doux baisers il lui avait donnés à la porte ! Le premier avait été farouchement passionné. Elle avait adoré les deux.

Il lui était impossible de passer sous silence ses sentiments pour lui. En un mot, elle était tombée amoureuse de lui au premier regard. Un sentiment que même le chagrin qu'il lui avait infligé le soir du nouvel an n'était pas parvenu à détruire. Elle n'en n'était pas heureuse pour autant : Shep pouvait très bien rester attaché à son ex-épouse. L'attraction physique qu'Andrea lui inspirait ne signifiait pas grand-chose, au bout du compte, pour un mâle tel que lui, sans doute peu habitué à la vie de célibataire. Si elle ne figurait pas à son tableau de chasse, il ne faisait aucun doute qu'une autre prendrait sa place, aussi déprimante que soit cette idée !

Andrea travailla jusqu'à minuit. Pas vraiment ravie de l'éditorial qu'elle avait rédigé, elle se dit en se coulant, épuisée, au fond de son lit, qu'après tout il n'était pas si mal pour un premier essai.

Avant de s'endormir, sa dernière pensée alla vers Kathleen. Si demain elle n'était pas trop abrutie par les sédatifs pré-opératoires, elle se ferait probablement du souci pour son journal. Andrea fit une prière pour sa guérison avant de fermer les yeux. Sa première journée de journaliste était terminée.

Lorsque, à son réveil, elle jeta un coup d'œil par la fenêtre, Andrea reçut un choc. Il neigeait toujours et la couche de neige, dans son allée atteignait au moins deux mètres. La jeune femme s'habilla, enfila ses bottes et une épaisse veste et se fraya un passage difficile jusqu'à la rue, à travers la neige. Arrivée là, elle vit que la rue n'avait pas été déblayée.

Comme une folle, elle regagna la maison et décrocha le téléphone. Pas de tonalité.

— Oh, mon Dieu ! murmura-t-elle.

Elle savait qu'il y avait encore de l'électricité, car elle avait allumé plusieurs lampes en se levant. Mais pour combien de temps encore ? Et même si elle parvenait à dégager sa longue allée, elle ne pourrait aller nulle part tant que les chasse-neige ne seraient pas passés. Et impossible de prévenir le journal qu'elle était bloquée à son domicile…

Soudain, on frappa à la porte.

— Andrea ? fit la voix de Lucas.

Andrea se hâta d'aller lui ouvrir.

— Lucas, c'est terrible ! Mon téléphone est en panne. Et le vôtre ?

— Pareil. Je savais que vous seriez effrayée. Contrairement à vous, j'ai déjà connu ce type de temps. La ville ne possède que deux chasse-neige. Il faudra des heures pour qu'ils arrivent ici. Peut-être même pas aujourd'hui.

— Shep est-il chez vous ?

— Pas encore, et je doute qu'il revienne avant que les rues soient déneigées.

Andrea se laissa tomber sur une chaise. Elle paraissait affolée.

— Je dois absolument aller au bureau, Lucas.

— Oui, Shep m'a parlé de votre travail. Cessez de vous tracasser, mon petit. Nous ne sommes pas les seuls à être isolés chez nous, ou bien, comme Shep, retenus au travail par la neige. Le gens qui possèdent un 4X4 peuvent certainement circuler, mais pour les autres comme nous, mieux vaut rester où nous sommes et attendre.

Lucas posa ses gants sur le rebord de l'évier et regarda au dehors.

— La neige tombe plus vite que les chasse-neige ne peuvent en venir à bout. D'après la météo, ça ne va pas s'arrêter de sitôt.

Andrea était consternée.

— Vous voulez dire qu'il pourrait encore neiger pendant des jours ?

Lucas se retourna.

— Possible. Avez-vous des provisions ?

— Oui, beaucoup. Et vous ?

— Pas de problème de ce côté. J'espère seulement que l'électricité ne nous lâchera pas. La situation ne serait pas très agréable si les chaudières ne fonctionnaient plus.

Les épaules d'Andrea s'affaissèrent. Le journal était trop éloigné pour qu'elle puisse s'y rendre à pied dans la neige et elle ne pouvait même pas le joindre au téléphone. A moins qu'il ne fonctionne de nouveau ? Sautant sur ses pieds, elle décrocha le combiné de la cuisine, et pria pour entendre la tonalité.

— La ligne est toujours morte, dit-elle à Lucas. Pourquoi les téléphones sont-ils affectés par la neige ?

Il lui expliqua que le poids de la couche neigeuse sur les fils en était responsable.

Autant se faire une raison, décida alors Andrea. Elle se débarrassa de sa veste, la posa sur le dos d'une chaise et se mit en devoir de faire du café.

— Avez-vous pris votre petit déjeuner ? demanda-t-elle à Lucas.

— Non, car j'attendais Shep. Je vais être obligé de refuser votre invitation, mon petit. Je dois me rendre à pied chez Mme Shank et m'assurer qu'elle va bien.

— Mme Shank ?

Il s'agissait, lui expliqua Lucas, d'une vieille dame de quatre-vingt-dix ans qui vivait seule dans sa maison, à environ deux kilomètres. Sans famille à proximité, elle était un peu sous la protection de Lucas.

Andrea fronça les sourcils.

— C'est très obligeant de votre part, Lucas, mais êtes-vous vraiment obligé de faire un tel trajet par ce temps ?

Il lui décocha un grand sourire.

— Vous me prenez pour un vieillard ?

— Bien sûr que non, mais…

Le sourire de Lucas fit place au rire.

— Ne vous en faites donc pas. Je m'en tirerai très bien.

Il se dirigea vers la porte.

— Oh ? Si jamais Shep parvenait à s'échapper et que vous le voyiez, dites-lui où je suis. D'accord ?

— Entendu.

Andrea lui tint la porte.

— Soyez prudent, Lucas.

— Je le suis toujours. A plus tard !

Elle le regarda disparaître dans la neige qui tombait en flocons très denses, et ferma la porte avec un soupir. Voilà qui n'était pas banal, songeait-elle. Elle était au second jour de son nouveau job et elle ne pouvait même pas s'y rendre ! Et elle se demanda comment s'étaient débrouillés Sally et les autres.

Après avoir branché la radio pour rester à l'écoute des bulletins météo, elle grignota un toast avec sa première tasse de café. Au cours de l'heure qui suivit, à force de faire les cent pas et de s'inquiéter, elle termina le contenu de la cafetière. Chaque fois qu'elle décrochait le téléphone, sa frustration s'accentuait. Elle ne pouvait même pas appeler l'hôpital de Missoula pour demander, comme elle avait prévu de le faire, des nouvelles post-opératoires de Kathleen. Elle ne pouvait absolument rien faire ! songea-t-elle. Elle était là, bloquée dans sa propre maison, et totalement déconnectée du reste du monde !

Chaque fois aussi qu'elle s'approchait de la fenêtre et regardait à l'extérieur, son moral baissait encore d'un cran. Il neigeait, il neigeait toujours. Et la couche neigeuse s'épaississait de plus en plus.

Soudain, on cogna à la porte. La surprise la fit sursauter violemment.

— Qui est là ? cria-t-elle en se précipitant vers l'entrée.

— C'est Shep !

106

Elle ouvrit la porte à la volée. Shep était couvert de neige et paraissait à moitié gelé.

— Comment… au nom du ciel… comment avez-vous fait pour venir jusqu'ici ? balbutia-t-elle.

— Un infirmier de l'hôpital possède une motoneige. Il m'a ramené chez moi. Sauriez-vous par hasard où se trouve mon père ? Il n'est pas à la maison.

— Il m'a dit qu'il se rendait chez Mme Shank. Vous semblez frigorifié, Shep. Enlevez donc votre veste et mettez-vous devant la chaudière. Il faut vous réchauffer.

— Quoi ? Il est allé *à pied* chez Mme Shank ?

— Je le lui ai déconseillé, mais il est quand même parti.

— Il ne devrait pas être dehors par ce temps, Andrea. Ça ne va pas, pas du tout ! Les choses empirent d'heure en heure. Je crois que je ferais mieux d'y aller pour m'assurer qu'il va bien.

A ce moment précis, le téléphone sonna.

— Ça marche ! s'écria Andrea qui se hâta d'aller décrocher.

— Allô ?

— Andrea, c'est Lucas. Je suis chez Mme Shank. Tout va bien.

Avant même qu'elle ait pu prononcer un mot, la communication fut coupée.

— Oh non ! cria-t-elle, frustrée. Pas encore !

Son cri avait alerté Shep qui accourut. Andrea ne put que lui répéter les paroles de son père et qu'une nouvelle coupure les avait interrompus.

— C'est horrible, ajouta-t-elle en raccrochant. Je n'ai jamais rien vu de pareil !

— Allons, c'est moins terrible qu'un séisme. Vous avez bien dû en vivre un ou deux quand vous viviez en Californie, non ?

Shep se débarrassa de sa veste, de ses gants et de son écharpe.

— Où dois-je les poser ? demanda-t-il. Ils sont mouillés.

— Je vais les mettre à sécher sur le dos d'une chaise.

Andrea remarqua soudain les taches d'humidité de son jean.

— Vous feriez bien d'enlever ça également, dit-elle.

Shep eut un large sourire. Maintenant qu'il savait son père en sécurité, il trouvait la situation très amusante.

— Tout ce que vous voudrez, Andrea.

Puis, sans le moindre embarras, il fit glisser la fermeture de son pantalon et l'ôta.

— Je ne voulais pas dire ici ! s'exclama Andrea en détournant le regard. Mettez-le sur une autre chaise. Ensuite, rendez-vous utile et faites du feu dans la cheminée pendant que j'irai vous chercher une couverture.

Shep émit un léger rire et gagna le living-room où il entreprit d'allumer le feu. Il s'arrêta un instant pour écouter un bulletin d'information à la radio. Routes dangereuses et impraticables, le secteur de Rocky Ford ainsi que plusieurs autres, apprit-il, était fermé à la circulation. La météo prévoyait encore deux jours de neige et recommandait aux habitants de la région de rester chez eux.

Andrea avait également entendu. L'air dégoûté, elle pénétra dans le living-room.

— Encore une journée comme ça et la neige montera jusqu'en haut des cheminées !

Shep se mit à rire.

— Ce ne sera pas aussi catastrophique. Autant vous détendre et profiter de l'instant .

Elle lui tendit la couverture.

— Profiter du fait d'être bloquée ici ? Apparemment, nous n'avons pas la même conception du plaisir !

Shep enroula la couverture autour de sa taille et sourit avec malice.

— Oh, fit-il d'un ton détaché. Je ne crois pas que nos conceptions soient aussi éloignées ?

Andrea devint écarlate.

— Nous parlons de deux choses bien distinctes et vous le savez parfaitement, dit-elle. Si vous n'y voyez pas d'inconvénient, j'aimerais que vous cessiez vos sous-entendus. Je ne suis vraiment pas d'humeur à ça.

Elle avait à peine terminé sa phrase que les lumières et la radio s'éteignirent.

— Oh non ! gémit-elle. Pas le courant non plus !

Shep réalisa soudain qu'Andrea était maintenant réellement inquiète. Lui-même avait grandi avec la neige et s'il avait déjà vécu de semblables tempêtes, ce n'était pas le cas d'Andrea. Il s'approcha d'elle, l'enlaça et attira sa tête contre le devant de sa chemise.

— N'ayez pas peur, dit-il d'un ton apaisant. Je ne vous laisserai pas seule.

— Oh, Shep, soupira-t-elle. Je me sens tellement impuissante ! Maintenant, nous n'avons même plus de chauffage.

— Nous avons la cheminée, et il y a une quantité de bois. Si vous avez de la nourriture, tout ira bien.

— Il y a plein de provisions !

— Avez-vous vérifié les robinets ?

Andrea leva les yeux vers lui.

— Les robinets ?

— Avec ce type de temps, les tuyaux gèlent. Mon père a isolé tous les siens. Et chez vous ?

— Je l'ignore.

Andrea s'arracha à son étreinte et courut vers la cuisine. Elle tourna un robinet et en voyant l'eau couler normalement un sentiment de soulagement l'envahit, si intense qu'elle sentit ses jambes flageoler. Un problème de moins, songea-t-elle.

Shep l'avait suivie et lui conseilla de laisser couler un léger filet d'eau, ce qui empêcherait les canalisations de geler.

— Je vais aller m'occuper de la salle de bains, ajouta-t-il. Maintenant, allez vous asseoir près du feu. L'atmosphère commence déjà à se rafraîchir.

Pendant son absence, Andrea essaya de nouveau le téléphone. Secouant la tête, elle reposa l'appareil, et alla s'asseoir sur le tapis, devant la cheminée du living-room. Les bras autour de ses genoux repliés, elle fixa les flammes.

Heureusement qu'il y a une cheminée, se dit-elle, avant de réaliser que le plus gros de la chaleur s'en allait par le haut. Il allait tout de même faire très froid sans le chauffage central. Surtout la nuit.

Shep revint et s'installa auprès d'elle.

— Combien de temps pensez-vous que l'électricité restera coupée ? lui demanda Andrea sans le regarder.

— Probablement pas longtemps.

Elle tourna la tête vers lui.

— Vous ne le dites que pour me tranquilliser.

Andrea était bien trop intuitive, songea Shep, pour se laisser consoler par une réponse dont lui-même ne pouvait être véritablement certain.

De nouveau, elle fixait les flammes.

— Avez-vous déjà vu une tempête aussi mauvaise auparavant ?

— Au moins deux fois.

— Comment avez-vous fait ? Je veux dire, comment Lucas et vous avez-vous pu rester au chaud ?

— La pire des tempêtes a eu lieu lorsque j'avais cinq ou six ans. Nous avons été coupés de tout pendant quarante-huit heures, si je m'en souviens bien. Ma mère était vivante, alors. Elle et papa m'ont pris dans leur lit et nous nous sommes pelotonnés les uns contre les autres jusqu'à ce que nous soyons réchauffés. Pour moi, c'est un souvenir agréable. Maman me lisait des histoires et en inventait d'autres pour m'occuper. Quand nous avions faim, elle ou papa allaient confectionner des sandwichs à la cuisine. Mon père avait un de ces vieux réchauds de camping au propane. Il y faisait réchauffer de la soupe et du café. Oui, un souvenir très particulier. Je n'y avais pas pensé depuis des années…

Il marqua une légère pause, puis ajouta doucement :

— Ma mère est morte quelques années plus tard.

— Je suis désolée. Vous étiez si jeune ! Vous avez dû vous sentir anéanti !

— Je ne me souviens plus très bien, à vrai dire. Sans doute un blocage... En tout cas, papa, lui, était toujours là, et je me suis adapté, comme le font tous les gamins.

— Vous avez eu de la chance d'avoir un père, murmura Andrea.

Shep lui décocha un coup d'œil plein de curiosité.

— Vous n'avez pas le vôtre ? Je sais que votre mère est décédée l'an dernier, mais... et votre père ?

— Il... ma mère et lui ont divorcé lorsque je n'étais qu'un bébé, parvint à balbutier Andrea.

— Vous voulez dire qu'il a disparu de votre existence simplement à cause du divorce ? Quel genre de sale type était-il ?

La voix de Shep était irritée. Andrea se leva vivement. La conversation s'orientait dans un sens qui ne lui plaisait guère.

— Je vais encore vérifier si le téléphone fonctionne. Pourriez-vous mettre une autre bûche dans le feu, s'il vous plaît ?

Elle se précipita vers la cuisine et décrocha le combiné. La ligne était toujours morte. De toute manière, même s'il y avait eu la tonalité, Andrea se dit qu'elle n'aurait rien entendu, tant les battements lourds de son cœur lui emplissaient les oreilles. Lucas avait toujours été là pour Shep, se disait-elle douloureusement. Et où était allé son père ? Parti se cacher dans une petite ville du Montana, sans plus se soucier de sa fille restée en Californie ? C'était impossible : Charlie ne pouvait pas être le brave type dont parlait Lucas. Les braves types ne tournent pas le dos à leurs enfants.

La fraîcheur qui commençait à envahir la maison pénétrait ses vêtements. Frissonnante, elle alla prendre dans sa chambre deux couvertures supplémentaires et regagna le living. Elle en donna une à Shep et se couvrit les épaules de l'autre. Puis elle s'assit en tailleur et tendit ses mains vers le feu.

— Merci, dit Shep.

— Il commence à faire plus froid ici.

— Et ça va être pire, Andrea.

Il lui décocha un large sourire.

— Nous pourrions peut-être nous pelotonner l'un contre l'autre dans le lit pour survivre à cette nuit…

Les joues d'Andrea rosirent, mais elle fit mine d'ignorer la suggestion.

— N'aviez-vous pas prévu d'aller travailler ce soir ? demanda-t-elle.

— J'irais, oui, si c'était possible.

— Vous n'avez pas demandé à votre ami qui a une motoneige de venir vous chercher ?

— Lorsque j'ai quitté l'hôpital ce matin, le téléphone fonctionnait encore. Je savais seulement que les routes étaient trop bouchées pour que j'utilise ma voiture. D'où la motoneige. Mais je n'ai pas pensé une minute que je pourrais être amené à appeler Jerry pour qu'il revienne me chercher plus tard. Peut-être y songera-t-il de lui-même… je ne suis pas très doué pour m'organiser, dirait-on !

Andrea soupira.

— Eh bien, vous pouviez difficilement prévoir ce qui allait se passer. Jerry pensera peut-être à venir vous rechercher sans que vous l'appeliez ?

— Possible, admit Shep.

— Dans ce cas, ne devriez-vous pas dormir ? Vous avez travaillé toute la nuit et si vous recommencez ce soir sans avoir récupéré, vous serez totalement épuisé.

— Ça ira très bien. Je ferai un petit somme plus tard.

Et, tout à coup, ils furent à court de sujet. Andrea serra plus étroitement la couverture autour de ses épaules. Elle essayait désespérément de trouver un sujet de conversation. Shep était accroupi sous sa propre couverture, mais il y avait à peine un mètre entre eux, en raison de la taille modeste de la cheminée.

— Hum… votre jean est peut-être sec maintenant, balbutia Andrea.

Shep lui adressa un regard ironique.

— Vous désirez que je le remette, hein ?

— Je ne le dis que pour votre propre confort…

Le ton était légèrement hargneux et un rire intérieur secoua Shep. Leur proximité mettait visiblement Andrea dans tous ses états et la journée était encore jeune. Quand la tempête s'apaiserait, soit ils seraient de nouveau amants, soit ennemis… et il allait faire de son mieux pour s'arrêter à la première hypothèse. Des occasions comme celle-là n'arrivaient pas tous les jours, et Shep ne voyait aucune raison valable pour faire durer une relation aussi ambiguë. Il ne s'agissait pas uniquement de sexe, songeait-il. A chacune de leurs rencontres, Andrea prenait de plus en plus d'importance à ses yeux, et même lorsqu'il ne la voyait pas, ses pensées étaient constamment tournées vers elle. Quant à imaginer que ses sentiments étaient assez sérieux pour envisager un avenir commun, c'était une autre paire de manches. L'idée du mariage ne l'emballait pas du tout, surtout après la fin calamiteuse de son premier pas dans ladite institution !

Mais ils étaient tous deux adultes et Andrea avait déjà prouvé à quel point elle était attirée par lui. Le réveillon du nouvel an n'avait pas été qu'une heureuse question de circonstances. Assis près d'elle en ce moment précis, Shep pouvait sentir à quel point elle se raidissait, simplement parce qu'ils étaient seuls et qu'il était partiellement dévêtu.

Il songea un instant à exprimer franchement sa pensée. « Pourquoi ne cessons-nous pas de faire semblant d'être de simples connaissances, et n'allons-nous pas ensemble au lit, comme nous en avons tous les deux envie ? »

Mais bien sûr, il ne pouvait faire cela. Andrea était une femme qu'il fallait subtilement courtiser. Lui-même ne préférait-il pas un doigt de cour à une formule plus crue ?

Quoi qu'il en soit, la tension était palpable entre eux. Si les chasse-neige n'arrivaient pas, et si l'électricité et le téléphone n'étaient pas rétablis, s'il continuait à neiger et que rien ne bougeait, ils partageraient le même lit la nuit prochaine. Il était prêt à le parier.

8.

Ce matin-là, Charlie Fanon avait laissé la pancarte « Fermé » sur la vitrine de son café. Personne, il le savait, ne voudrait s'aventurer dehors par un temps pareil.

La nuit précédente, il était sorti pour renifler l'air qui fraîchissait ; la neige qui tombait et l'odeur de la tempête lui dirent ce qu'il avait envie de savoir. Alors, il était allé chercher dans son atelier ses deux radiateurs à kérosène ainsi que son réchaud à propane. Et il avait passé la soirée à les nettoyer et à les dépoussiérer, pour être sûr qu'ils fonctionnaient bien, car personne ne les avait utilisés depuis quelques temps.

Réveillé à 5 heures, son heure habituelle, il avait immédiatement jeté un coup d'œil sur le temps. Il vérifia ensuite le gaz, l'électricité, le téléphone. Tout fonctionnait mais il ne put se retenir de se demander pour combien de temps encore.

Il prit son petit déjeuner en écoutant la radio. Les nouvelles n'étaient pas bonnes : routes impraticables, écoles fermées, interdiction à la population de sortir sauf en cas s'urgence, etc.

Le téléphone se mit à sonner pendant qu'il faisait sa vaisselle. Il décrocha le combiné de la cuisine.

— Charlie Fanon.

— Papa, nous sommes bloqués par la neige.

C'était Serena, la fille de Charlie.

115

— C'est le cas de tout le monde, chérie, dit-il. Trav est avec toi ?

— Oui, Dieu merci, fit la voix de Trav.

La maison de Serena et de Travis était construite sur un magnifique terrain, face à Access Creek, mais les affaires de Trav le contraignaient à prendre souvent la route. Aussi Charlie fut-il soulagé de savoir que sa fille n'était pas toute seule.

— Serena, demanda-t-il, Trav et toi avez-vous des radiateurs qui fonctionnent autrement qu'à l'électricité ?

— Papa, nous avons deux cheminées et énormément de bois.

Les minutes qui suivirent furent presque entièrement consacrées à des questions de chauffage. D'autant qu'à son tour, Trav prit la ligne pour tranquilliser son beau-père.

— Charlie, dit-il, si le reste tombe en panne, nous nous réfugierons dans notre camping-car. Il est pourvu d'une cuisinière à butane et d'une batterie électrique. Avec ça, nous pouvons au moins tenir deux ou trois jours.

— Parfait ! s'exclama Charlie. Je l'avais oublié !

— Bon, je vous repasse Serena. Prenez soin de vous, Charlie.

— Papa, dit-elle, je t'appelais en réalité pour savoir si tout allait bien. As-tu suffisamment de provisions ? Sinon, Trav pourrait essayer de t'en apporter avec son 4X4.

— Dis à Trav de rester chez lui et de prendre soin de vous deux. J'ai tout ce dont j'ai besoin, chérie, et ni l'un ni l'autre ne devez passer vos journées à vous faire du souci pour moi. C'est un ordre !

Serena se mit à rire. Charlie ne donnait jamais d'ordres que pour rire, et tout le monde dans la famille le savait.

Il n'avait pas plutôt raccroché que le téléphone sonna de nouveau. Cette fois, il s'agissait de Lola.

— Charlie, dit-elle, cette tempête n'est-elle pas sensationnelle ?

— C'est sûr, chérie. Etes-vous dans la neige aussi, Duke et toi ?

Duke et Lola vivaient dans l'immense ranch Sheridan, à une cinquantaine de kilomètres de la ville. Charlie faisait tout à fait confiance à Duke pour affronter n'importe quel type de temps. Son seul souci concernait Lola qui était enceinte.

— Duke et ses gars sont en train de déblayer la neige et de nourrir le bétail, l'informa Lola. J'appelais simplement pour te demander si tout allait bien de ton côté.

— Je vais très bien. Et toi ?

— Moi personnellement ? Voyons, Charlie, je suis forte comme un cheval ! Ne te fais aucun souci : Duke veille sur moi.

— Je n'en doute pas, mais tu ne peux pas me reprocher de m'inquiéter un peu. Il y a beaucoup de routes fermées, Lola, et si un problème se présente…

— Duke m'emmènerait à l'hôpital, même s'il devait me porter sur son dos. Il pourrait aussi mettre le bébé au monde tout seul !

Lola se mit à rire.

— Mettre au monde un poulain ou un veau, il m'a dit qu'il ne voyait pas la différence. Il plaisantait, bien sûr.

— Ce n'est pas l'accouchement qui me préoccupe. C'est le fait de savoir que le bébé pourrait arriver à n'importe quel moment.

— Je sais, Charlie, et je fais particulièrement attention en ce moment. Duke ne veut même pas me laisser mettre le nez dehors.

— Bravo !

— As-tu parlé à Serena ou à Candace ?

— Serena m'a appelé il y a quelques minutes.

— Dans ce cas, Candace ne va pas tarder non plus. Si tu as besoin de quoi que ce soit, Charlie, n'hésite pas à téléphoner au ranch. Aucune tempête ne pourra jamais empêcher Duke de venir te donner un coup de main. Je peux te le garantir.

— Je veux bien le croire, chérie. Merci de ton appel.

Charlie raccrocha. L'affection qu'il éprouvait pour sa famille fit fleurir un sourire sur ses lèvres. Quand, de nouveau, la sonnerie se fit entendre, il n'hésita pas :

— Allô, Candace, dit-il.

Il l'entendit rire.

— Comment savais-tu que c'était moi ?

— Parce que Lola et Serena m'ont déjà téléphoné. Alors, laisse-moi te rassurer tout de suite, chérie. Je vais parfaitement bien. J'ai un tas de provisions, je ne suis pas malade et j'ai une famille aimante. Que demander de plus ?

Il émit un petit rire.

— Mais je suis heureux de ton appel. Comment allez-vous, Burke et toi ? Et mon petit-fils ?

— Nous allons tous bien… en dépit de cette terrible tempête.

Candace avait passé toute sa jeunesse en Caroline du Sud. Jamais de sa vie elle n'avait vu autant de neige. Elle raconta à Charlie que Burke avait emmené le jeune Ronnie bien emmitouflé sur sa luge pour jeter un coup d'œil au bétail.

— Lui et Burke sont de grands copains, n'est-ce pas ? demanda Charlie.

— Oui, en effet… Charlie, il y a quelque chose dont Burke et moi voudrions te parler. Quand cette horrible tempête sera terminée, bien entendu.

— Burke désire adopter Ronnie, je suppose ? dit tranquillement Charlie.

Le père de Ronnie était Ron, le fils de Charlie, mort à l'armée. Charlie adorait son petit-fils, tout en éprouvant une grande affection pour Burke Mallory, le second époux de Candace. Celle-ci garda le silence un court instant. Puis d'un ton tout aussi paisible, elle reprit :

— Nous en avons discuté, Charlie et moi, et si tu as la moindre objection…

— C'est une merveilleuse idée, à mon avis, Candy. Une idée très sensée. Dis à Burke qu'il a ma bénédiction.

— Oh, Charlie, tu es le meilleur ? s'exclama Candace d'une voix légèrement enrouée.

La conversation se termina sur des paroles de tendresse et des recommandations, et Charlie raccrocha enfin. Ensuite, il retourna terminer sa vaisselle. En s'essuyant les mains, il songea à quelques personnes en ville dont il pourrait à son tour prendre des nouvelles. Il reprit donc son téléphone et réalisa qu'il n'y avait plus de tonalité.

Ça commence ! songea-t-il. Il déambula à l'intérieur du café qui occupait la partie avant de sa maison. A travers la large vitrine qui faisait face à la rue, il regarda la neige qui tombait à gros flocons. Dehors, personne. De temps à autre, un 4X4 équipé de chaînes avançait lourdement et disparaissait dans un cliquetis. Et c'était tout.

Sans crier gare, un brutal sentiment de solitude s'abattit sur Charlie. Son corps réagit à l'émotion destructrice : son cœur se mit à cogner durement dans sa poitrine et il se sentit oppressé.

— Tu as beaucoup de chance, Charlie, dit-il à voix haute. Ne commence pas à t'apitoyer sur toi-même parce que tu te sens seul !

Mais en vérité, il haïssait la solitude. Il ne vivait plus maintenant que de souvenirs, ce qui n'était bon pour personne. Il lui était déjà arrivé autrefois de vivre seul : en fait, chaque fois qu'un de ses enfants était allé vivre sa vie. Seulement, Charlie était plus jeune alors. Désormais, c'était fini. Il n'avait plus personne pour le réconforter. Ron était mort, ses filles s'étaient mariées et avaient leur propre foyer. Et lui, il vieillissait solitaire.

Irrité de s'attendrir ainsi sur lui-même, Charlie se traita de mauviette. Qu'il était donc ridicule ! S'il ne voulait plus être seul, il y avait bien des solutions. Il pouvait par exemple prendre des pensionnaires. Ils rempliraient ainsi toutes les chambres vides, et il engagerait un cuisinier et une femme de ménage. La vieille baraque se remettrait à bourdonner d'activité, s'il n'y avait que cela pour lui faire plaisir.

Ou alors… il pourrait se remarier. Oui, songea-t-il, l'esprit aussitôt émoustillé. Pourquoi pas ? Il ne s'était marié qu'une seule fois, il y avait très longtemps maintenant. Il y avait des douzaines de veuves dans les environs immédiats. Des dames probablement aussi solitaires que lui-même…

Non, non, il ne voulait pas d'une veuve. Il lui fallait plutôt quelqu'un de… gai. Oui, une femme gaie qui rirait et plaisanterait et ne passerait pas chaque minute à se plaindre de ses douleurs. Inutile qu'elle soit une beauté. Lui-même commençait à être marqué par le temps qui passe et la beauté n'était qu'une question superficielle, après tout.

Ses pupilles se rétrécirent tandis que, mentalement, il passait en revue les femmes qu'il connaissait. Et tout à coup, il revit le visage de Sandra, son ex-épouse. Une véritable, indiscutable beauté.

Hélas, elle avait un cœur aussi froid que la glace et elle les avait abandonnés, lui et leurs deux enfants, sans un regard en arrière. Lorsque Ron et Serena avaient été en âge de poser des questions à son sujet, il leur avait raconté que leur mère était morte. Il avait trouvé plus doux de leur faire cette réponse plutôt que d'avouer la vérité : elle n'avait tout simplement pas voulu d'eux et elle était sortie de leur vie. Elle s'était totalement volatilisée et n'avait jamais une seule fois tenté de revoir ses bébés. Alors, Charlie était parti pour le Montana. Ron et Serena avaient grandi à Rocky Ford. Lola était venue vivre avec eux à l'âge de neuf ans, après la mort de ses parents. Son père était l'unique frère de Charlie, et ce dernier n'avait pas pu supporter l'idée que la petite Lola puisse grandir sans foyer. Elle lui était devenue aussi chère que ses propres enfants et il la considérait exactement comme sa fille.

Charlie était encore profondément perdu dans ses pensées quand les lumières s'éteignirent. Il resta assis là durant un moment encore, puis il se leva avec un soupir et se dirigea vers les deux radiateurs soufflants. Il les emporta à l'intérieur du café et ferma la porte qui reliait la boutique et les autres pièces de la maison.

Les radiateurs s'avérèrent efficaces et la pièce resta chaude et confortable. Charlie s'installa pour regarder la neige tomber en sirotant son café, et à penser à la vie en général et à la sienne en particulier.

Au bout d'un moment, une pénible conclusion s'imposa à lui : il n'était plus heureux. Que faire alors ? se demanda-t-il. Réagir, ou bien continuer à s'apitoyer sur lui-même jusqu'à la fin de ses jours ?

Il prit une profonde inspiration. Bon sang ! Il n'était pas question de recommencer à pleurer sur son sort. Il trouverait bien quelque chose pour que l'existence retrouve son sel. Ou alors il ne s'appelait plus Charlie Fanon !

Dans l'après-midi, la tempête empira. La température chuta, la neige tombait en flocons plus petits, et un violent vent du nord se mit à souffler. Andrea et Shep continuaient à entretenir le feu dans l'âtre, mais il ne donnait qu'une faible chaleur et la maison se refroidissait de plus en plus.

Lorsque Shep remit son jean et sa veste et déclara qu'il allait jeter un coup d'œil chez son père, la crainte s'empara d'Andrea.

— Mais vous allez revenir, n'est-ce pas ? demanda-t-elle.

Shep enroula une de ses couvertures autour des épaules de la jeune femme, par dessus celle qu'elle avait déjà, et répondit :

— Je vais revenir.

D'un air taquin, il lui toucha le bout du nez et sourit.

— Vous avez le nez froid. Vous auriez besoin de mitaines pour nez !

Elle se mit à rire, et suivit Shep jusqu'à la porte du fond.

— Ne vous perdez pas, surtout. Il neige tellement qu'il n'y a aucune visibilité dehors. D'ici, je n'aperçois même pas la barrière.

— Ne vous faites pas de souci. Je vais couper le radar et mettre le pilote automatique.

La plaisanterie fit encore rire Andrea. Seulement, dès que Shep se fut évanoui dans la tempête, le rire mourut sur ses lèvres. En frissonnant, elle s'enfonça un peu plus dans ses couvertures et retourna auprès du feu.

En l'absence de Shep, la tempête parut se déchaîner et prendre une tournure plus menaçante. Combien de temps allait-il rester dehors ? se demanda Andrea. Elle espérait qu'il ne lui faudrait pas plus de quinze minutes. Après tout, qu'avait-il de si important à faire ? Lucas, de même que les autres habitants de Rocky Ford, avait appris depuis longtemps à se prémunir contre l'hiver. Mais Dieu, comme on se sentait impuissant sans électricité et sans téléphone, des accessoires qu'elle avait toujours considérés comme de simples acquis ! Il suffisait d'appuyer sur un bouton, de tourner un thermostat ou de décrocher un combiné, et le tour était joué… Comment les pionniers avaient-ils fait pour survivre aux hivers de Rocky Ford ?

Justement, bien peu parmi eux s'en étaient tirés, elle l'avait lu dans ses livres d'histoire. Et cela n'avait rien d'étonnant, conclut-elle, prise d'un nouvel accès de frissons.

Pendant qu'Andrea se pelotonnait sous ses couvertures aussi près que possible du feu, Shep ouvrait les robinets dans la maison de Lucas. Visiblement, son père avait eu l'intention de rentrer chez lui dès la fin de sa visite à la vieille Mme Shank. Sinon, un mince filet d'eau s'écoulerait déjà des robinets. Shep tenta encore en vain de téléphoner, puis il gagna sa chambre, se déshabilla et enfila une paire de caleçons longs, un pantalon de laine, un sweater à col roulé et par dessus, une chemise de flanelle. Il n'avait pas le genre de veste qui convenait à un tel climat, mais Lucas en possédait plusieurs. Shep lui en emprunta donc une, ainsi que des gants, une écharpe et un bonnet de laine. Après s'être jeté un coup d'œil dans une glace il ne put se retenir de rire : il avait tout d'un bibendum !

Il se dirigeait déjà vers la porte lorsqu'il se rappela l'existence du réchaud de camping de Lucas. Etait-il toujours là ? Et dans ce cas, fonctionnait-il encore ? Il ne pouvait se trouver qu'à un seul endroit, se dit-il après réflexion : dans la réserve de Lucas, à l'arrière de la maison. En quelques secondes, Shep repéra l'objet ainsi que la bouteille de propane. Il vérifia l'étiquette et la date de péremption. Tout était parfait.

— Super ! dit-il entre ses dents.

Juste avant de s'en aller, il se remémora autre chose : la bouteille de cognac que Lucas gardait enfermée dans un placard, à des fins médicales ! Il enfouit la bouteille au fond d'une poche et quitta enfin la maison.

Une bise glaciale accompagnée de flocons de neige lui souffleta aussitôt le visage.

— Ma parole, grommela-t-il, ça empire !

Il entra sans frapper dans la cuisine d'Andrea.

— C'est moi ! cria-t-il.

Andrea poussa un soupir de soulagement. Elle était tellement heureuse de son retour qu'elle éprouva un folle envie de l'embrasser. Elle se hâta de le rejoindre dans la cuisine et, une fois arrivée sur le seuil de la porte, éclata de rire.

— Quel accoutrement !

Shep grimaça un sourire.

— J'ai mis tout ce que je pouvais trouver de chaud chez mon père. Et, voyez un peu !

Il lui montra le réchaud posé sur le plan de travail.

— Il y a ça aussi.

Puis il extirpa de sa poche la bouteille de cognac.

— Que diriez-vous d'une tasse de café bien arrosée ?

— Cela me paraît merveilleux. Seulement la seule cafetière que je possède est électrique.

— Alors, nous utiliserons le réchaud de camping !

Après s'être dépouillé de ses vêtements chauds, Shep prit les choses en main. Pendant qu'ils se régalaient de soupe et de sandwichs au bœuf froid, l'odeur du café embaumait la cuisine. Lorsqu'il fut prêt, Shep en emplit deux tasses, y ajouta du cognac et en tendit une à Andrea.

— Maintenant, allons nous mettre à l'aise au coin du feu, dit-il.

« Se mettre à l'aise » signifiait une quantité de choses, se dit Andrea en scrutant le regard de Shep. Elle sourit. Ses sentiments pour lui avaient aujourd'hui pris une extraordinaire ampleur. Non seulement Shep lui inspirait de l'amour, mais elle le considérait aussi comme son sauveur, son libérateur ! Eh bien oui, elle désirait se mettre à l'aise avec lui et ne plus se soucier d'un mot aussi dérisoire qu'aventure.

Ils s'installaient à peine, quand leur parvint le bruit d'une motoneige. Leur tasse à la main, ils se regardèrent tandis que le bruit enflait de plus en plus et se rapprochait. L'engin stoppa juste devant la maison de Lucas.

— Je suis sûr qu'il s'agit de Jerry, dit Shep.

Il décocha à Andrea un coup d'œil apaisant et alla ouvrir la porte de devant.

— Jerry ? appela-t-il.

Quelques instants plus tard, le jeune homme l'avait rejoint. Andrea écouta intensément la conversation entre les deux hommes.

— Que se passe-t-il, Jerry ? demanda Shep.

— Docteur Wilde, répondit le jeune homme, j'ai fait la navette toute la journée pour les docteurs et les infirmières. Certains sont restés injoignables. L'hôpital manque de personnel et m'a envoyé vous chercher. Pouvez-vous venir rapidement ?

— Tout de suite, par exemple ?

— Oui, docteur.

Shep hésita un instant. Puis il hocha la tête.

— Je vais chercher ma veste. Voulez-vous entrer ?

— J'attendrai sur mon engin. Si je me réchauffe trop, je vais me mettre à transpirer dans ma combinaison.

— Entendu. J'arrive dans une minute.

Shep ferma la porte et adressa à Andrea un regard d'excuse.

— Désolé, mais je dois y aller.

— Bien entendu, murmura-t-elle tranquillement.

Pourtant, elle avait la gorge serrée. Il allait être absent pendant des heures et elle resterait seule, au cours la nuit la plus froide et la plus sombre de toute son existence.

Shep alla reprendre ses vêtements dans la cuisine et revint en enfilant sa veste. Andrea était debout maintenant. Il se dirigea vers elle et l'entoura de ses bras.

— L'électricité pourrait revenir d'un moment à l'autre, dit-il doucement. Essayez de ne pas vous tracasser. Et si le téléphone remarche, je vous appellerai.

Puis il l'embrassa. Andrea s'accrocha à son corps épaissi par l'équipement d'hiver et lui rendit son baiser avec violence. Des larmes lui picotaient les yeux et le nez. Elle l'aimait, oui, avec son corps, avec son âme ! Il ne lui était plus possible désormais de faire semblant. Elle ne pouvait plus être irritée contre lui parce qu'il l'avait froissée au nouvel an. Il lui était tout aussi impossible de réfréner son amour, même s'il éprouvait encore quelque chose pour son ex-femme. Les colères de la nature bouleversaient toutes choses, changeaient les priorités, transformaient en banalités ce qui aurait semblé si urgent la veille.

Devant l'intensité de sa réaction, Shep se sentit désemparé. Relevant la tête, il fouilla du regard les beaux yeux profonds.

— Je voudrais ne pas être obligé de m'en aller, dit-il d'une voix sourde.

— Je le veux davantage encore, murmura Andrea.

— Andrea, il commence à faire sombre. Avez-vous des bougies, une lampe de poche ?

— Oui. Les deux.

— Si l'électricité n'est toujours pas rétablie cette nuit, il va faire très froid ici. Empilez sur le lit toutes les couvertures que vous possédez et enfouissez-vous dessous.

— Mais… Shep, comment l'hôpital peut-il fonctionner sans électricité ?

— Il a des groupes électrogènes pour ce genre d'urgence.

Ils écoutèrent Jerry remettre son moteur en marche.

— Je dois y aller, dit Shep.

Il lui donna un autre baiser, se dirigea vers la porte et s'arrêta pour ajouter :

— Si je peux saisir la moindre occasion de revenir avant demain, je sauterai dessus. Je n'aime guère l'idée de vous savoir ici toute seule.

Sans mot dire, Andrea hocha la tête. Elle savait pourtant que si les choses continuaient ainsi, Shep pourrait ne pas être de retour avant des jours.

— Prenez soin de vous, Shep, dit-elle.

— Vous aussi.

Il ouvrit la porte et s'en fut.

De la fenêtre, Andrea le regarda monter en croupe sur la motoneige. Un ronflement qui s'éloignait, et de nouveau, seul le hurlement du vent rompit le silence.

Revenue près du feu, Andrea mit plusieurs bûches dans l'âtre. Avec un soupir, elle remarqua que sa provision de bois s'épuisait. Il fallait donc absolument préserver ce qui lui restait pour le lendemain matin. Cela aussi signifiait qu'elle devrait aller se coucher tôt.

Elle reprit sa tasse de café arrosé de cognac et en avala une gorgée. La boisson s'était déjà refroidie. Ses pensées sautèrent de Shep à Charlie. Si, dans l'instant, elle avait eu le moindre moyen de se rendre chez Charlie, songea-t-elle, elle serait tout de suite allée le retrouver. Comme elle avait été ridicule de ne pas l'avoir fait plus tôt ! Elle se leva et alla chercher son carnet. Lentement, elle le feuilleta et parcourut ses notes ainsi que les articles de journaux qu'elle y avait agrafés. Le feu était en train de mourir et le soir tombait. Andrea prit ses couvertures, posa le carnet sur une table, puis, munie d'une lampe de poche qu'elle prit dans un tiroir de la cuisine, elle alla se coucher.

Durant des heures, enfouie sous les lourdes couvertures, elle resta allongée dans l'obscurité, à écouter mugir la tempête. Jamais de sa vie elle ne s'était sentie aussi seule. Elle était au moins certaine d'une chose : cet hiver-là, elle ne risquait pas de l'oublier facilement !

9.

A son arrivée à l'hôpital, Shep était le seul docteur présent avec Peter Freeman, un médecin généraliste. Pendant que Shep se changeait et revêtait sa blouse verte, son collègue le mit au courant de la situation. Les conditions atmosphériques avaient rendu difficiles toutes communications avec les médecins restés à l'extérieur. Le Dr Freeman avait tant bien que mal géré seul la situation.

— Vous n'êtes pas spécialisé en traumatologie, je pense ? demanda-t-il à Shep.

— Non, je n'ai eu qu'une petite expérience des urgences pendant mon internat.

— Eh bien, nous manquons énormément de personnel soignant et certains d'entre nous ont fait plus que leur part de travail. Prions pour ne pas voir arriver quelqu'un présentant des symptômes impossibles à traiter ici.

Shep savait déjà que leur établissement ne possédait pas de scanner ni d'IRM, un équipement beaucoup trop coûteux. Les patients qui en avaient besoin étaient envoyés à Missoula. Mais évacuer quelqu'un par ce temps — et surtout une personne sérieusement malade ou blessée — était mission quasiment impossible.

— Quelle saleté, cette tempête ! s'exclama Peter qui commençait à s'éloigner. Bippez-moi s'il arrive quelque chose que vous ne puissiez contrôler.

128

Le front soucieux, Shep alla se laver les mains. En quittant le vestiaire, il découvrit qu'il ne pouvait compter que sur une seule infirmière, Helen Grant. Elle avait non seulement en charge deux patients dans la salle commune, mais elle s'occupait également des admissions. Elle paraissait exténuée et ne perdit pas de temps en parlotes.

— Le numéro 2 souffre de gelures et le 4 présente des symptômes de grippe, l'informa-t-elle. Leurs dossiers sont sur le bureau. J'ai trois personnes qui m'attendent à la réception. Je n'arrive même pas à imaginer comment elles ont pu arriver jusqu'ici. Appelez-moi si vous avez besoin d'aide.

Et elle fila dare-dare.

Shep respira un grand coup, ramassa le premier dossier et le parcourut. Puis il se dirigea vers le lit numéro 4.

— Docteur Wilde ?

Shep se secoua pour se réveiller et fit passer ses jambes au-dessus du lit pour se lever.

— Oui ?

— Le Dr Simms est arrivé pour prendre la relève, annonça Helen Grant qui avait travaillé avec Shep toute la nuit. Je m'en vais aussi, ajouta-t-elle. Mon mari est là avec son 4x4 et nous pouvons, si vous le désirez, vous déposer chez vous.

Shep consulta sa montre : 4 h 12. A 2 heures, la salle des urgences s'était vidée et Shep s'était allongé pour faire un somme.

— Alors, on vous emmène ? répéta Helen d'une voix lourde d'épuisement. Mon mari m'attend.

— Bien sûr que je viens ! Le temps de prendre mes affaires.

Shep se hâta d'aller décrocher du vestiaire sa veste qu'il enfila sur sa blouse. Il fit ensuite un ballot de ses autres effets et se précipita vers l'endroit où Helen l'attendait.

Dehors, un énorme pick-up était garé, moteur en marche. La neige continuait à tomber. Le vent soufflait toujours, et il faisait si froid que Shep crut bien que son visage allait geler, avant même d'avoir pu grimper dans le véhicule.

Lorsqu'ils furent installés, Helen fit les présentations.

— Docteur Wilde, voici Bill, mon mari.

— Bonjour, Bill, dit Shep à l'homme derrière le volant. Ecoutez, j'apprécie vraiment votre offre et je déteste avoir à vous le demander, mais voudriez-vous faire un arrêt quelque part ? Mon père se trouve chez Myrtle Shanks et j'aimerais beaucoup aller voir si tout va bien pour eux.

Bill connaissait Myrtle et il se souvenait de Lucas. il accepta donc sans problème. Il demanda simplement à Shep de lui indiquer la direction.

Même le 4X4 avait du mal à se mouvoir, tant la couche de neige était épaisse, remarqua Shep. En cours de route, il nota la présence des deux chasse-neige. Certaines rues étaient complètement déblayées. Donc, les engins avançaient. Malheureusement le vent compromettait toute intervention, car la neige s'amoncelait rapidement sur les voies déjà dégagées.

Le trajet qui, en temps normal, devait faire à peu près dix minutes leur prit en fait une demi-heure.

— Voilà la maison de Mme Shank, s'écria enfin Shep.

Bill arrêta la voiture. Shep descendit d'un bond et s'en fut au pas de charge — tout au moins autant que cela lui était possible — vers la maison. Il tambourina sur la porte.

— Papa ? Madame Shank ?

Au bout d'une minute, Lucas lui ouvrit.

— Shep ? Comment es-tu arrivé jusqu'ici ? Entre donc .

— Des amis qui ont un gros pick-up m'ont emmené, répondit Shep, dans l'entrebâillement de la porte. Ils m'attendent et je ne peux pas m'attarder. Vous allez bien, Mme Shank et toi ?

— On se débrouille, Shep. Comme d'habitude. Mais je suis quand même heureux d'être venu. Myrtle n'aurait jamais pu surmonter ça toute seule.

— Tu restes, alors ?

— Je le dois, fils. Je ne peux pas la laisser seule.

— Parfait. Oh, à propos, j'ai ouvert les robinets de la maison.

Ils échangèrent encore quelques brèves informations, puis Shep déclara qu'il devait repartir.

Il grelottait. Le vent, aussi coupant qu'une lame de couteau, pénétrait sa blouse et même son épaisse veste.

— Cela ne va pas durer trop longtemps, maintenant ! dit-il à son père.

— J'espère que non, mon fils.

Shep se hâta de retourner vers le pick-up et indiqua à Bill la route à suivre pour le ramener chez lui.

Une fois arrivé, il dut patauger à travers la neige jusqu'à la porte d'Andrea où il frappa. Mordu par le froid, il saisit la poignée qui, à sa grande surprise, tourna sous ses doigts.

Il entra, ferma la porte derrière lui et mit le verrou. A l'intérieur, il faisait noir comme dans un four. Shep gagna le living-room, et suivit ensuite le couloir jusqu'à la chambre d'Andrea. Une appréhension le tenaillait. Il avait du mal à imaginer qu'Andrea ait pu aller se coucher sans verrouiller la porte. Il ne comprenait pas non plus où elle aurait pu aller en laissant la maison ouverte.

Arrivé devant la porte de la chambre, les yeux plissés à cause du peu de lumière, il glissa un regard à l'intérieur. Etait-elle dans le lit ? se demanda-t-il. Il n'y voyait vraiment goutte.

— Andrea ?

Il s'approcha du lit avec précaution et répéta son nom. Il y eut un léger mouvement sous les couvertures et ce fut tout. Mais suffisant pour soulager ses craintes ; elle allait bien. Elle était profondément endormie, et mieux valait sans doute ne pas la réveiller.

Mais le froid s'emparait insidieusement de Shep et il n'avait aucun endroit pour se réchauffer. Il y avait bien son propre lit, chez son père, seulement… celui d'Andrea était déjà tout chaud.

Il ne perdit pas de temps à réfléchir. L'atmosphère de la chambre était glaciale et il claquait des dents. Il se débarrassa de ses vêtements à la vitesse de la lumière, souleva un coin de couvertures et se glissa à l'intérieur du lit. En se poussant un peu, il commença à sentir la tiédeur du corps d'Andrea. Elle agit sur lui tel un aimant. Sans la moindre hésitation, il s'enroula autour d'elle et sa chaleur contre sa peau glacée lui arracha un soupir de pur délice.

— Que… balbutia-t-elle d'une voix endormie. Shep ?

— C'est moi, chérie. Je suis gelé et vous êtes délicieusement tiède.

Il se rapprocha encore et moula son corps contre celui d'Andrea.

— Oh, ce que ça peut être bon !

Andrea commençait vraiment à se réveiller.

— Vous êtes couché dans mon lit !

— Vous me sauvez la vie, chérie. J'étais glacé jusqu'à la moelle.

Il était difficile à Andrea de ne pas le croire, car la sensation de ce corps froid contre le sien la faisait frissonner.

— Quelle heure est-il ?

— A peu près 5 heures du matin.

Les pensées de Shep se mirent à vagabonder, à mille lieues des questions de température.

— Comment êtes-vous habillée ? demanda-t-il.

— J'ai un survêtement et des chaussettes. Et vous, comment êtes-vous entré ?

— Par la porte principale. Elle n'était pas verrouillée.

— Shep, je n'oublie jamais de verrouiller la porte !

Ils discutèrent un moment à ce sujet et Andrea finit par abandonner.

Et dire, songea-t-elle, épouvantée, qu'elle s'était sentie tellement en sécurité dans cette maison ! Si Shep avait pu s'y introduire si facilement, n'importe qui aurait pu en faire autant.

Shep, lui, avait l'impression de devenir aussi merveilleusement chaud qu'Andrea. La proximité de son corps lui inspirait une incroyable sensation. Mais… il n'était pas tombé dans n'importe quel lit, n'est-ce pas ! se dit-il. Sa main commença à se déplacer le long du dos d'Andrea, sur le vêtement de coton pelucheux.

— Je vois que vous avez dû avoir suffisamment chaud pour bien dormir, dit-il.

— Une fois le lit réchauffé, hier soir, — plutôt tôt ce matin en fait — j'ai bien dormi, oui.

Andrea était parfaitement consciente de la main curieuse qui explorait son dos, mais elle feignit de ne rien remarquer, histoire de le titiller un peu.

— La tempête s'est-elle calmée ? s'enquit-elle. Dites-moi que non ! Dites-moi que la journée va être normale en tous points, et surtout que l'électricité va revenir à … mettons, 6 heures.

Shep se pencha tout contre son oreille.

— J'aimerais pouvoir le faire, chérie. Ce que j'ai entendu, en réalité, c'est que de nombreuses lignes se sont effondrées sous le poids de la glace et de la neige, et que les équipes ont commencé à réparer.

— Et il neige toujours, dit Andrea avec un profond soupir.

— J'en ai peur.

Nouveau soupir.

— Je n'arrive pas à croire que mon premier hiver au Montana soit celui de tous les records !

— Allons, il ne faut pas toujours voir le pire ?

La voix de Shep venait brusquement de s'enrouer. En réalité, à se trouver ainsi pelotonné autour d'Andrea, il commençait sérieusement à s'exciter. Elle était aussi douce qu'un ours en peluche…

— Dire que je dois me lever, gémit-elle.

— Vous feriez mieux de rester où vous êtes, chérie. Il fait horriblement froid, à l'extérieur de ces couvertures.

— Dois-je vous donner un cours de biologie, à vous qui êtes médecin, docteur Wilde ? Il y a certaines choses qu'il est impossible de faire sous les couvertures !

Saisissant le sens de sa phrase, Shep se mit à rire.

— D'accord. Mais dépêchez-vous.

— Ne vous inquiétez pas pour ça.

Andrea se glissa hors du lit et se précipita vers la salle de bains. Resté seul, Shep s'étira langoureusement. Il y a des moments dans la vie d'une personne, songeait-il, où elle se sent totalement satisfaite. Comme cet instant particulier pour lui. Il n'était pas seulement satisfait, mais également heureux. Heureux de se trouver au chaud dans un lit pendant la tempête du siècle. Heureux d'attendre qu'une certaine femme revienne se nicher entre ses bras.

Oui, Andrea lui apportait du bonheur. Tout à fait comme son job, pourtant si peu passionnant et si mal payé, et le fait de se retrouver à Rocky Ford, tempête ou pas tempête. Quel imbécile il avait été en Californie ! Natalie avait fait de lui un autre homme, qu'elle pouvait modeler à son gré. Son retour à la maison avait été la meilleure des choses qu'il ait faites depuis des années. Il était réconfortant de se dire que, lorsque la conjoncture lui avait paru si noire, il avait accompli le bon geste.

Andrea revint en courant et Shep souleva les couvertures. Toute frissonnante, elle sauta dans le lit.

— Il doit faire moins 40, dit-elle en claquant des dents.

— Moins 22, rectifia Shep en l'attirant entre ses bras et en la serrant contre lui.

Elle se nicha contre son corps bien chaud.

— Mmm, c'est si bon d'être contre vous !

— J'en dirai autant de moi. En fait, je me sens si bien que je pourrais rester avec vous dans ce lit jusqu'à notre dernier jour.

Andrea se mit à rire.

— Oh, vraiment ?

— Vraiment. Andrea… je crois…

Il interrompit ce qui allait être une vraie déclaration d'amour :
« Andrea, je crois que je suis en train de tomber amoureux de vous.
En fait, j'en suis tout à fait certain. » Mais fallait-il parler d'amour
si vite ? Ou devait-il encore se taire ? Leur relation serait-elle plus
forte sans toutes les phrases et les serments habituels ? S'il restait
avec Andrea, ce serait uniquement parce qu'il le voudrait bien,
et elle aussi. Aucune promesse, cela voulait aussi dire aucune
critique au cas où l'un d'eux commettrait une erreur. Une relation
libre et juste pour chacun d'eux. Que pouvait-il y avoir de mieux ?
Sûrement pas le mariage ?

Bien entendu, il serait obligé d'en discuter avec elle. Mais pas
maintenant. Pour l'instant, il voulait juste lui faire l'amour, lentement, tendrement.

— A quoi pensez-vous ? lui demanda Andrea.

— Pardon ?

— Vous aviez commencé à dire quelque chose.

— Hum, j'ai oublié de quoi il s'agissait.

Il grimaça un petit sourire et ajouta :

— Ce devait être un mensonge.

— Ah non, plus de mensonges, Shep. Même pour rire !

S'il lui mentait par jeu, songeait-elle, il était parfaitement capable
de le faire sur d'autres sujets. Il pourrait, par exemple, lui dire un
jour qu'il l'aimait et que ce ne fût pas vrai… Elle, elle pouvait le
faire, et tout de suite même, et de tout son cœur. Mais le risque
était encore bien trop grand.

Shep leva la tête pour la regarder dans les yeux.

— Ce n'est pas un mensonge, d'accord ? Je pense que vous êtes
la plus belle femme que j'aie jamais connue.

Elle en eut le souffle coupé.

— Shep, cela ne peut être vrai, chuchota-t-elle.

— Et pourquoi pas ?

« Parce que Lucas a dit de votre ex-femme que c'était une femme d'une exceptionnelle beauté. »

— Parce que… balbutia-t-elle, vous connaissez sûrement une quantité de femmes.

— C'est vrai, en effet. Aucune d'elle, cependant, ne possède votre séduction.

Au dessous des couvertures, sa main se faufila sous le haut du survêtement d'Andrea et encercla un de ses seins.

— Je vais vous embrasser, belle dame, murmura-t-il en baissant lentement la tête vers elle.

Au moment précis où il posait ses lèvres sur le siennes, Andrea ferma les yeux. Il allait faire bien plus que l'embrasser, elle le savait, et cette fois, elle ne dirait pas non. Peut-être ne le lui dirait-elle jamais plus ? Peu importait : elle l'aimait à la folie et nier l'aspect physique de cet amour n'était qu'enfantillage et sottise. Il y avait tant d'autres choses qui lui semblaient immatures et vaines, depuis que la tempête s'était aggravée. Comme d'éviter de rencontrer Charlie Fanon, par exemple… Dès que le temps le lui permettrait, Andrea se promit de lui rendre visite. Elle lui dirait qu'elle pensait être sa fille, preuves à l'appui. Elle lui parlerait aussi de Harry Dillon. Ensuite, quelle que soit la manière dont Charlie recevrait ces informations, elle en prendrait acte et poursuivrait le cours de sa vie.

— Mmmmm, chérie, murmura Shep tout contre sa bouche, vous êtes de la vraie dynamite !

Sous la veste, sa main se déplaçait d'un sein à l'autre et commençait à descendre plus bas.

— Je pourrais la retirer, chuchota-t-elle d'une voix de gorge, extrêmement sensuelle. Cela vous plairait-il ?

— J'adorerais !

Andrea se rassit, fit rapidement passer le vêtement au dessus de sa tête et le jeta au pied du lit. Puis elle se coula de nouveau sous les couvertures et se débarrassa du bas de son survêtement. La peau de Shep contre la sienne était brûlante.

— Vous n'avez plus froid, constata-t-elle à mi-voix.

— Chérie, je suis un homme en feu, pour l'instant !

— Je vois…

Le corps dénudé de Shep s'enroula autour du sien. La sensation était excitante, surtout lorsqu'elle sentit la dure pression de sa virilité contre sa hanche.

— Voilà ce que vous me faites, souffla-t-il. Vous voulez savoir quelque chose ? Le jour de notre rencontre, à Noël… chaque fois que je vous regardais, je pensais sexe.

— Oh non ! Vraiment ? Et moi qui croyais que je ne vous plaisais pas ! Vous ne vous êtes pas montré très amical, vous savez.

— Je n'étais pas particulièrement ravi d'être traîné jusqu'ici, ma douce. Non seulement je n'éprouvais pas la moindre étincelle d'esprit de Noël, mais en fait, je n'étais d'humeur à rencontrer personne. Aussi, vous voir m'a fait un choc, vous pouvez me croire. J'étais persuadé que vous deviez avoir l'âge de mon père. Alors, quand vous avez ouvert la porte, j'ai failli en tomber à la renverse.

— Ça ne se voyait pas, dit-elle sèchement.

— Pardieu non, je ne l'ai pas montré ! Je pensais que vous étiez la copine de mon père !

— Quoi ?

Lorsque Shep poussa un rire rugissant, elle lui pinça le bras.

— Vous êtes un démon. Vous n'arrêtez pas de me taquiner.

Il enfouit son nez dans le creux de sa gorge.

— Désolé, mais l'occasion était trop belle. Je n'ai jamais pensé que vous étiez l'amie de mon père, mais j'étais littéralement pétrifié par votre apparition. Et… j'ai réellement pensé sexe chaque fois que je vous regardais.

— Voilà pourquoi vous étiez si peu amical ?

— Probablement. De toute manière, cela n'a plus d'importance : je le suis beaucoup, maintenant.

Sa main s'était glissée entre les cuisses d'Andrea, déclenchant toutes sortes de sensations délicieuses au point le plus sensible de son corps. Elle ne put que haleter :

— Oui, je le crois…

Il eut un rire de gorge.

— Et vous aimez bien ça, n'est-ce pas, mon cœur ?

— Oui, j'apprécie tout particulièrement, murmura-t-elle d'une voix rauque.

Soudain, Shep reprit son sérieux. Le yeux perdus au fond des prunelles d'Andrea, il murmura :

— Oh, Andrea, qu'est-ce que vous me faites ?

Comment pouvait-elle l'imaginer, alors que ce qu'il lui faisait à elle était si excitant qu'il lui était impossible de rester immobile ? Il lui entrouvrit les cuisses, puis lui prit la bouche. Son baiser, âpre et passionné, ainsi que ses caresses amenèrent Andrea au bord de l'extase. Elle s'arracha à ses lèvres pour gémir :

— Fais-le, je t'en prie, fais-le !

En quelques secondes — il utilisa ce bref intervalle pour mettre un préservatif — il fut en elle. Et, quelques instants après seulement, ils touchèrent ensemble les étoiles.

Ce fut ensuite au tour de Shep de braver le froid et de se ruer vers la salle de bains. Sa précipitation fit rire Andrea qui se renfonça entre les couvertures. S'était-elle jamais, de toute sa vie, sentie aussi heureuse ? songeait-elle, rêveuse.

L'amour était vraiment la plus grandiose des émotions.

10.

Andrea ouvrit les yeux sur le plafonnier éclairé. La lumière, enfin !

— Oh, mon Dieu ! Le courant est rétabli, s'écria-t-elle, enthousiasmée.

En s'asseyant, elle sentit instantanément la différence de température à l'intérieur de la maison. La chaudière avait dû se remettre en marche pendant que Shep et elle dormaient d'un lourd sommeil.

— Shep ? dit-elle avec un grand sourire.

Il ne broncha pas. Elle le considéra quelques instants avec tendresse. Le pauvre chéri… Il avait à peine dormi quelques précieuses heures ces jours derniers. Il serait trop cruel de le réveiller, simplement pour l'informer que l'électricité avait été rétablie !

Andrea se glissa hors du lit, enfila un peignoir et des chaussons et, avant de quitter la chambre, éteignit la lumière.

Avant toute chose, elle alla décrocher le téléphone de la cuisine. Seul le silence régnait sur la ligne.

— Zut ! marmonna-t-elle, déçue.

Mais si le courant était revenu, les lignes téléphoniques ne tarderaient pas non plus à être rétablies. Elle s'arrêta pour regarder par la fenêtre. Les flocons qui tombaient d'un ciel tout gris étaient tellement ténus que l'air en paraissait presque brumeux. Cela ressemblait plus en réalité à du grésil qu'à de la neige. La cour était recouverte d'un énorme tapis blanc, avec des bosses et des monticules qui signalaient la présence de buissons et d'arbustes. La couche était si épaisse qu'elle recouvrait presque la barrière qui séparait sa maison de celle de Lucas. Les arbres qui la surplombaient semblaient noirs et sans vie, comme si leur essence-même s'était repliée dans quelque recoin secret de leur tronc, jusqu'à ce que le temps se réchauffe.

Il devait encore faire rudement froid. Andrea regretta de ne pas avoir accroché comme Lucas un thermomètre sur un pilier. Le robinet qui coulait attira son attention. Elle ouvrit en grand le robinet d'eau chaude pour en vérifier la température. L'eau n'était pas bouillante, mais suffisamment tiède pour qu'elle puisse prendre une douche et se faire un shampoing, ce qui lui parut le comble du luxe. Mais avant de s'adonner aux joies de la douche, elle s'occupa du café.

La radio s'était remise en marche, car Andrea l'écoutait avant la coupure d'électricité. Elle l'éteignit le poste pour ne pas déranger Shep. Qu'il dorme le plus longtemps possible, songea-t-elle en se dirigeant vers la salle de bains.

Le simple fait de se tenir debout sous un jet d'au tiède était un sentiment exaltant, et lorsque ensuite elle utilisa son séchoir et son fer à friser, elle en pleura presque de joie. La longue tempête avait totalement changé son regard sur la vie. Et ce n'était peut-être pas tout à fait terminé : il faisait encore tellement froid qu'elle n'était pas à l'abri d'une nouvelle coupure de courant.

Qu'importe ! Elle en profiterait au maximum tant que ce serait possible. Sur la pointe des pieds, elle gagna la chambre, prit de la lingerie et un survêtement propres et retourna s'habiller dans la salle de bains. Elle se sentait tellement pleine de vie, tellement bien dans sa peau, qu'en se maquillant, elle se sourit dans le miroir. Etait-ce la lumière ou bien l'amour qui faisait ainsi étinceler ses yeux ? se demanda-t-elle avec un air de bonheur.

Car, elle était bel et bien amoureuse. Les quelques rencontres qu'elle avait faites par le passé — et parmi elles, bien peu l'avaient été sur un plan sexuel — semblaient bien pâles en comparaison de ses sentiments pour Shep. Et ce devait être la même chose pour lui.

Qui aurait pu rêver qu'elle trouverait son âme sœur à Rocky Ford, au fin fond du Montana ?

Un sourire extatique au coin des lèvres, elle nettoya la salle de bains, puis gagna la cuisine. Le café était prêt et elle s'en versa une tasse. Le léger ronronnement du réfrigérateur était une musique à son oreille. La petite maison qu'elle avait louée était redevenue douillette et confortable... et Shep était dans son lit. Tout était absolument parfait.

Sauf pour ce maudit téléphone ! Sourcils froncés, elle tenta encore d'obtenir la ligne. Rien. Des questions l'assaillaient sans cesse : comment s'était déroulée l'opération de Kathleen ? Ses autres employés avaient-ils pu travailler et sortir l'édition du samedi ? Et elle-même, Andrea, par quel miracle parviendrait-elle à débarrasser son allée de tant de neige accumulée ? Même si la rue devant chez elle était déblayée, elle ne pourrait tout de même pas sortir sa voiture puisque l'état de l'allée l'en empêcherait ! Bof ! Elle pourrait sûrement payer quelqu'un pour la déneiger. Shep devait connaître des gens qui faisaient ce genre de choses. Ou alors Lucas. Pour l'instant, inutile de s'inquiéter, conclut-elle. Son estomac commençait à crier famine, et elle allait se préparer un bol de céréales. Et puis non, des céréales ne feraient pas un bon petit déjeuner. Le cœur léger et l'esprit occupé de questions domestiques, elle prépara des muffins aux myrtilles, fit griller du bacon et cuire une grande poêlée d'œufs brouillés.

Elle mangeait lorsque Shep entra, paupières battues, à demi-réveillé, vêtu des pantalons de toile verte de l'hôpital. Andrea lui sourit.

— Bonjour ?

— Bonjour. Le courant est revenu.

— N'est-ce pas fabuleux ? J'ai déjà pris une merveilleuse douche. As-tu faim ? J'ai fait à manger pour quatre personnes.

— J'ai d'abord besoin d'un peu de café. Ensuite, j'irai me laver et je mangerai.

Andrea se leva pour aller lui chercher une tasse dans le placard.

— Le téléphone est-il rétabli ? demanda Shep.

— Je le voudrais bien !

Andrea posa devant lui la tasse pleine de café brûlant.

— Assieds-toi et réveille-toi, dit-elle, taquine.

Il lui retourna un sourire totalement dépourvu d'entrain ou d'énergie. Andrea mit ses mains sur ses hanches.

— Fais-tu partie de ces gens qui sont grognons à leur réveil ?

Shep avala une gorgée de café et haussa un sourcil.

— Fais-tu partie de ceux qui ne le sont pas ?

— Ce matin, oui, je l'avoue.

Andrea reprit sa place à table.

— Je n'ai pas pu en croire mes yeux quand j'ai vu le plafonnier allumé dans ma chambre. Shep, il y a tellement de choses que nous prenons pour acquises !

Elle rit gaiement.

— Si tu m'avais vue ! J'étais comme une gamine dans une confiserie quand j'ai fait marcher mon séchoir à cheveux, la cuisinière… et même en entendant le réfrigérateur ronronner.

— Tu as écouté le réfrigérateur ? fit Shep d'un ton bref.

— Oui. Et je te prierais de ne pas te moquer de moi !

— Je n'y songerais même pas.

Il commençait enfin à émerger de sa torpeur et à réaliser l'apparence d'Andrea.

— Comment faites-vous pour être aussi belle, madame ?

Elle s'empourpra.

— Je t'ai dit que j'avais pris une douche.

— Je ne parle pas de ça, ma douce, mais de ta beauté.

Le bonheur la fit rayonner.

— Tu sembles vraiment le croire.

— Et comment !

Shep se leva et, penché sur le plan de travail, remplit de nouveau sa tasse.

142

Andrea ne parvenait pas à le quitter des yeux. Même avec un chaume de barbe sur les joues et les cheveux en bataille, il était l'homme le plus magnifique qu'elle eût jamais vu. Et elle l'aimait à la folie ! Au cours des dernières heures, ils ne s'étaient pas contentés de faire l'amour une seule fois. Elle avait l'impression que chaque fois qu'elle avait sombré dans le sommeil, elle en avait été tirée par les mains avides de Shep et sa bouche affamée. Il n'y avait aucun doute, cette nuit avait été la plus sensuelle de toute sa vie. Non, pas la nuit, corrigea-t-elle mentalement. Shep n'était arrivé qu'à 5 heures du matin. Donc, il lui avait fait l'amour trois fois. Une performance plus qu'honorable.

Quel homme ! songea-t-elle avec fierté, comme si la prouesse érotique était de son propre fait. Quoique… d'une certaine manière, c'était vrai ; lui était-il jamais arrivé de répondre aux assauts amoureux d'un amant avec une telle ferveur ? Non, sûrement pas !

— Je vais mettre ton petit déjeuner au chaud, lui dit-elle alors qu'il quittait la cuisine, sa tasse de café à la main, pour aller faire un brin de toilette.

Avec un soupir débordant de bonheur, elle se leva à son tour pour mettre les plats dans le four.

Shep réapparut quelques instants plus tard, propre comme un sou neuf. Il sentait bon le savon et le shampoing et portait ses vêtements sur le bras. Sa morosité semblait s'être envolée avec le jet de sa douche.

— Assieds-toi, lui dit Andrea en se levant de table. Je pense que tu as besoin d'être nourri.

— Et moi, je pense que tu as besoin d'être embrassée.

Le bras serré autour de la taille d'Andrea, il chercha son regard et demanda :

— La nuit dernière n'était-elle qu'un rêve érotique ou bien tout ceci est-il bien arrivé ?

Andrea sentit sa gorge se nouer.

— C'est arrivé.

Elle lui caressa la joue, puis se haussa sur la pointe des pieds pour presser sa bouche contre celle de Shep.

Il réagit instantanément. Il l'étreignit avec une telle force et l'embrassa avec tant de de passion qu'elle se sentit fondre. Que va-t-il se passer maintenant, Shep ? se demanda-t-elle. M'aimes-tu autant que je t'aime ? Si seulement il voulait bien le lui dire !

Hélas, il n'en fit rien. Avec un sourire de pure félicité, il se contenta de déclarer :

— Oui, maintenant, tu peux me donner à manger. La nourriture d'abord, le plaisir ensuite.

Le cœur d'Andrea se serra légèrement. Tout cela n'était-il donc que du plaisir pour lui ? Non, c'était impossible. Il sortait juste d'un mauvais divorce, voilà tout. Il n'était pas encore autant qu'elle prêt à s'engager. Le temps saurait bien résoudre le problème. Il fallait faire preuve d'un peu de patience.

Quand il eut dévoré son petit déjeuner et qu'ensemble, ils sirotèrent paresseusement leur café, Shep déclara soudain :

— Et si nous parlions un peu d'Andrea Dillon, maintenant ?

Andrea faillit avaler son café de travers.

— Un sujet très ennuyeux ! dit-elle avec un rire feint.

— Ennuyeux ?

Par dessus le rebord de sa tasse de café, il lui fit un clin d'œil.

— Est-ce ainsi que tu considères la nuit dernière ?

— Non, je parle de mon histoire personnelle. Shep, je t'en prie, il n'y a vraiment rien à raconter.

En réalité, il y avait tellement à dire qu'elle ne savait même pas par quel bout commencer ! Et puis, il n'était pas question de parler à Shep de Charlie Fanon. Pas encore, en tout cas. Tout dépendait de la réaction de Charlie quand il ferait la connaissance d'une fille à qui il avait tourné le dos avant même qu'elle fût née. A moins qu'il

144

n'ait tout ignoré d'elle ? Non, Shep ne devait en aucun cas connaître son histoire. Et tant pis pour sa curiosité !

Andrea porta sa tasse à ses lèvres et, par dessus la petite table, considéra Shep :

— Pourquoi ne pas plutôt parler de toi ?

Il baissa les yeux sur son café.

— Je ne suis pas certain d'en être capable.

Au moins, songea Andrea un peu mal à l'aise, il était plus honnête qu'elle. Il admettait son embarras à la perspective d'évoquer son passé.

Elle se leva vivement.

— Bon, alors, qu'avons-nous au programme aujourd'hui ? Quelqu'un doit-il venir te chercher pour t'emmener à l'hôpital ?

— Je l'ignore. Tout est désorganisé en ville. Les gens font ce qu'ils peuvent et s'entraident d'une manière dont nous pouvons nous montrer fiers. Mais les emplois du temps sont totalement bouleversés. Tout se passe comme si le temps s'était arrêté dès le début de la tempête.

— Oui, on le dirait, murmura Andrea.

Elle commença à débarrasser la table.

— Pourquoi ne vas-tu pas faire du feu dans la cheminée pendant que je nettoie ici ? Je vais également essayer de mettre un rôti au four. Dis une prière pour que le courant ne nous lâche pas encore.

Shep la considéra d'un air bizarre. Pourquoi Andrea venait-elle d'éluder carrément toute conversation relative à leur passé, même s'il avait lui-même encore beaucoup de mal à s'y décider ?

— Très bien, dit-il tranquillement.

Il ferait du feu et verrait ce qui se passerait ensuite. Un après-midi de paresse à deux contribuerait peut-être à leur délier la langue ? Andrea refusait donc toute allusion à sa vie passée, songeait-il. La découverte n'était pas neuve pour lui. Il l'avait faite au même titre que cette tension sexuelle inattendue, lors de leur première rencontre. Penché sur l'âtre, Shep poursuivit sa réflexion. Andrea était une femme étonnante. Une autre qu'elle aurait-elle jamais pu le tirer du marasme dans lequel il avait sombré ? Il ressentait pour elle un sentiment très puissant. Peut-être était-ce de l'amour… ? S'il en était ainsi, il devait exister plusieurs sortes d'amour, car ce qu'il éprouvait n'avait rien à voir avec l'espèce de vertige qu'il avait connu avec Natalie.

Andrea lui donnait de la force. Auprès d'elle, il se sentait l'énergie et l'adresse d'un géant. Natalie, elle, n'était parvenue qu'à le castrer psychologiquement… Et ainsi, de fil en aiguille, Shep en vint à se demander s'il avait jamais réellement aimé Natalie, et si ce qu'il ressentait désormais pour Andrea n'était pas le véritable amour. Mais pas question de se précipiter dans le même genre d'engagement ! Quelle que soit la puissance de ses sentiments pour Andrea, elle devrait le prendre tel qu'il était.

Le feu brûlait bien. Shep pouvait entendre Andrea se mouvoir dans la cuisine. Il se dirigea vers la fenêtre de façade, regarda au dehors et secoua la tête. Il y avait plus de neige sur le sol qu'il n'en avait jamais vu à Rocky Ford. Si le dégel intervenait brusquement, la ville entière serait inondée.

Quittant la fenêtre, il se mit à errer d'un air absent autour du petit living-room. Il s'arrêta un instant devant la bibliothèque puis recommença à naviguer. Un carnet noir posé sur une table attira soudain son regard. Il le saisit, l'ouvrit et commença à le feuilleter. Au fur et à mesure de sa lecture, une ride se creusait entre ses sourcils.

C'est le moment que choisit Andrea pour entrer. Elle arborait un large sourire car elle avait de grands projets pour tirer le maximum de cette journée. Ils étaient seuls tous les deux, bien au chaud, confortablement installés, et n'avaient nulle part où aller et personne à qui parler au téléphone. Elle avait établi son menu et le rôti était déjà dans le four. Aussi longtemps que l'électricité tiendrait, être bloquée par la neige avec l'homme aimé ne devait pas être considéré comme une corvée !

Elle regarda Shep. Il semblait concentrer toute son attention sur un objet qu'il tenait entre ses mains. Il était à demi tourné, aussi le voyait-elle surtout de dos. Mais, lorsqu'elle le contourna pour le

146

rejoindre, elle réalisa ce qu'il était en train de lire. Son indignation fut immédiate. Elle lui arracha le carnet des mains.

— Le mot intimité a-t-il du sens pour toi ? demanda-t-elle avec colère.

D'abord interloqué, Shep la regarda, pupilles rétrécies.

— Pourquoi tiens-tu un journal sur la famille Fanon ? Lorsqu'on a parlé de Charlie, à Noël, tu as demandé à papa quel genre d'homme il était. Si tu ne le connais pas, pas plus qu'aucun d'entre eux, pourquoi cette chronique ?

Andrea tenait le carnet serré contre sa poitrine.

— Je n'ai rien à t'expliquer.

— Non, en effet. Tu n'as rien expliquer à personne. Seulement, ce carnet est tout à fait particulier, Andrea. Que sont donc les Fanon pour toi ?

La colère initiale d'Andrea commençait à se dissiper, remplacée par une crainte qui lui faisait flageoler les jambes. Elle ne voulait surtout pas avoir cette conversation. Pas encore. En aucun cas. Comment avait-elle pu être négligente au point de laisser traîner le carnet sur la table ? N'empêche : Shep n'avait absolument aucun droit de le toucher et de le lire.

— Je n'ai pas l'intention de répondre à tes questions, dit-elle le menton redressé d'un air de défi. Et laisse-moi te dire ceci : si j'étais dans ta maison, je ne fouinerais pas dans tes affaires !

— Parce que ramasser un livre et le feuilleter, c'est fouiner pour toi ?

— Tu aurais dû comprendre dès la première page qu'il ne s'agissait pas d'un livre ordinaire. Oui, j'appelle cela fouiner !

— Si cela t'affecte à ce point, pourquoi le laisser traîner à la vue de tout le monde ?

La voix d'Andrea se fit perçante.

— J'ai oublié qu'il était là, d'accord ?

— Tu es furieuse que je l'aie trouvé, fit Shep d'un ton accusateur.

— Je suis absolument furieuse que tu aies fouiné dans mes affaires !

— Mais c'est faux ! Je n'étais même pas curieux quand j'ai pris ce carnet.

Shep s'interrompit pour reprendre son souffle.

— Maintenant, je le suis. Je suis même extrêmement curieux ! Que caches-tu donc concernant les Fanon ? Pourquoi découpes-tu des articles à leur sujet pour les classer dans ton carnet ? Pourquoi as-tu surveillé la maison de Charlie ? Pourquoi as-tu écrit : « Un homme dans un véhicule noir a remarqué ma voiture arrêtée en face de la maison de Charlie et, ce soir, a essayé de me suivre. Dieu merci, je l'ai semé. J'ai eu tellement peur ! » ?

Andrea avait l'impression de ne plus pouvoir respirer.

— Je… je ne peux pas en parler.

Shep replia les bras sur sa poitrine et la considéra avec une expression belliqueuse.

— Et pourquoi pas ?

— Pourquoi n'arrives-tu pas, toi non plus, à parler de certaines choses ? rétorqua-t-elle. J'ai aussi droit à avoir une vie privée, tu sais. Quand tu as dit au petit déjeuner que tu ne pouvais pas parler de ton passé — autrement dit de ton divorce, j'en suis certaine — est-ce que j'ai insisté ? Non, bien sûr que non. Tout ce que j'ai fait, au cas où tu l'aurais oublié, a été de laisser tomber le sujet. Tu vois, moi, je respecte ta vie privée. Pourquoi n'as-tu pas la même élégance ?

Shep décroisa les bras et désigna le carnet.

— Parce que cette chose me fait peur.

— Elle te fait peur ? Quelle absurdité ! railla Andrea.

— Tenir un journal sur une famille que tu ne connais pas n'a rien de naturel.

— Ecoute, tu es chirurgien-plasticien, pas psychiatre ! N'essaie pas de nous analyser, moi et mon carnet ! J'ai une très bonne raison de m'intéresser aux Fanon et elle n'a rien d'anormal. Tu es en colère parce que je ne veux pas te l'expliquer. C'est bien dommage car je n'ai aucune intention de t'expliquer quoique ce soit jusqu'à ce que je me sente prête à le faire.

— Ah bon ? Parce que tu as l'intention de me l'expliquer un jour ? Quand, Andrea ? Qu'attends-tu pour le faire ?

La voix de Shep était pleine de sarcasme et l'irritation d'Andrea s'accrut.

— Ce ne sont pas tes affaires, répliqua-t-elle, acerbe.

Shep garda un instant le silence avant de demander :

— Et toi, Andrea, ne fais-tu pas partie de mes « affaires » ? Je le croyais, mais je vois que je me suis trompé. Pourquoi ne mets-tu pas les choses au point, une fois pour toutes ?

A son tour, Andrea se tut — douloureusement —avant de reprendre la parole.

— Veux-tu vraiment envenimer la situation à ce point ? Qu'est-ce que cela a à faire avec ce que nous éprouvons l'un pour l'autre ?

— Je mets l'accent sur la confiance, Andrea. Visiblement, tu as une sorte de secret. Et tout aussi visiblement, tu n'as aucune intention de le partager avec moi. Donc, tu ne me fais pas confiance. C'est tout à fait différent de mon refus de parler de mon passé. Tu fais quelque chose…

Et il pointa un doigt vers le carnet.

— … qui pourrait même être criminel. Ou tout au moins malsain. Pas besoin d'être psychiatre pour le constater !

La voix d'Andrea se fit glaciale.

— Inutile de ratiociner, Shep Wilde. Tu as beau être médecin, instruit et intelligent, ton diagnostic, en ce qui concerne mes actes, est totalement infondé. Retourne donc chez ton père. L'air frais débarrassera peut-être les ridicules toiles d'araignée de ton cerveau égocentrique et totalement dévoyé !

— Tu me demandes de partir ?

— Je te dis de partir !

A peine avait-elle prononcé ces paroles qu'Andrea sentit son cœur se briser en mille morceaux. Mais vraiment, Shep était allé trop loin.

Shep exhala une longue, lente bouffée d'air.

— Très bien, parfait. Si c'est ce que tu veux, d'accord. Je vais prendre mes affaires.

Avec l'impression que le soleil venait brusquement de s'évanouir de son univers, Andrea le regarda quitter la pièce. Une vague de panique l'étreignit. Pourquoi ne pas tout lui dire ? s'affola-t-elle. Pourquoi ne pas tout lui expliquer ?

Parce que c'était impossible, conclut-elle avec la torturante impression de quelque chose d'irrévocable venait de se passer. Non, elle ne pouvait pas. Toute sa vie, elle avait soupiré après son père et elle avait grandi en pensant que c'était Harry Dillon. Elle avait commis une terrible faute en n'allant pas voir Charlie le jour de son arrivée à Rocky Ford. Ensuite, chaque jour qu'elle avait laissé passer à se mentir à elle-même et à se promettre de le faire plus tard avait renforcé son erreur de jugement.

Pourtant, malgré la douleur que lui apportaient ses tergiversations, elle ne pouvait toujours parler à personne — pas même à l'homme qu'elle aimait — de sa malheureuse enfance sans père, ni de son espoir d'en retrouver enfin un. Tout cela parce qu'elle ignorait comment Charlie réagirait à son histoire, malgré les documents irréfutables. S'il se moquait d'elle, s'il refusait sa paternité, Andrea ne voulait pas avoir à l'avouer à Shep. Et elle y serait obligée s'il était au courant du contenu du carnet. Il trouverait alors naturel de désirer connaître le résultat de sa rencontre avec Charlie.

Non, conclut-elle avec amertume, quelle que soit sa douleur de voir Shep sortir de sa vie, elle ne pouvait tout simplement pas mettre ainsi son âme à nu devant lui.

Quelques instants après, Shep fit sa réapparition. Il avait remis sa veste et tenait un paquet de vêtements à la main.

— Eh bien, dit-il avec un regard inquisiteur en direction d'Andrea. Je pense qu'il s'agit d'un au-revoir ?

— Pas forcément.

— Vraiment ? Crois-tu que deux personnes peuvent bâtir une relation sans la confiance ?

— Il me semble à moi que c'est toi qui en es dépourvu. Et tu es cruel, Shep, très cruel. M'accuser de désordres mentaux et d'actes criminels juste parce que je ne veux pas m'expliquer au sujet du carnet ! Crois-tu que je pourrais jamais te faire confiance ainsi ? Non, ce n'est pas à moi qu'on ne peut pas faire confiance, c'est à toi.

Andrea redressa le menton.

— Alors, tu as peut-être raison : il s'agit sans doute d'un au-revoir.

Shep la considéra sans rien dire un long moment, puis il se dirigea vers la porte. Il n'avait pas plutôt franchi le seuil que le téléphone se mit à sonner.

Malheureuse, Andrea essuya ses larmes. Même le fait de savoir que la ligne était rétablie ne parvenait pas à faire renaître son enthousiasme. Abandonnant le carnet sur la table de la cuisine, elle décrocha.

— Allô ? C'est Duane Kemp, Andrea. Apparemment, vous êtes toujours bloquée par la neige ?

— Je n'ai pas encore vu l'ombre d'un chasse-neige, Duane. Etes-vous au bureau avec les autres ? Je me suis vraiment sentie coupée du monde. L'électricité a seulement été rétablie ce matin, et maintenant le téléphone. Les choses vont peut-être se remettre en place d'ici peu. En tout cas, je l'espère !

— Même s'il en est ainsi, Andrea, ce ne sera plus jamais pareil.

Duane s'éclaircit la gorge.

— Kathleen… Kathleen n'a pas survécu à son opération. Je viens seulement de l'apprendre par sa gouvernante.

Andrea se laissa choir sur la chaise la plus proche.

— Kathleen est morte ? murmura-t-elle. Oh non !

11.

Andrea pleura jusqu'à ce que ses sanglots se transforment en hoquets. Tout s'écroulait autour d'elle, juste au moment où elle commençait à peine à croire en elle-même. Sa venue à Rocky Ford avait constitué son premier effort authentique pour penser et agir librement. Depuis, elle n'avait cessé de bâtir sur ce premier acte d'indépendance. Lentement, graduellement peut-être, mais sans cesser néanmoins de progresser.

Durant toute sa jeunesse, sa mère avait été une force avec laquelle il avait fallu compter. Il ne lui était guère agréable de se souvenir de sa timidité face aux exigences de Sandra, face à son manque d'intérêt presque total pour les idées de sa fille, ses opinions et sa curiosité. Pourquoi, par exemple, se demandait Andrea, avait-elle laissé sa mère rejeter d'un haussement d'épaules les questions qu'elle lui avait posées sur son père ? Et tant d'autres encore, pour lesquelles elle n'obtiendrait jamais aucune réponse. Maintenant, elle n'y accordait plus autant d'importance. En dépit de l'égocentrisme de Sandra, Andrea l'avait aimée et pleurée.

Mais elle ne lui manquait plus. Depuis le décès de sa mère, Andrea avait réalisé que sa vie lui appartenait en propre. Qui sait si Shep n'avait pas raison en affirmant qu'il y avait peut-être quelque chose d'anormal dans son émotivité ?

Seulement, Shep n'était pas dans sa peau. Il ne pourrait jamais comprendre ce qui l'avait poussée à tenir à jour le fameux carnet.

Et même s'il apprenait toute l'histoire, il ne comprendrait pas pourquoi elle n'était pas allée plus tôt affronter Charlie.

Postée derrière sa fenêtre, Andrea se demanda tristement s'il existait un moyen de ressusciter sa relation avec Shep. Ah, songeait-elle, pouvoir revenir en arrière, à l'instant précis où, entrant dans le living-room, elle l'avait aperçu penché sur son carnet ! Avec quel tact elle aurait géré la situation, au lieu de réagir par l'indignation et la colère !

Et il y avait aussi Kathleen. Andrea poussa un gémissement tant la mort de Kathleen la faisait physiquement souffrir. Et, pour couronner le tout, elle était complètement cernée par un océan de neige. Combien de temps pourrait-elle supporter d'être ainsi enfermée chez elle ?

Mais après tout, elle avait le téléphone ! Andrea courut à la cuisine où elle feuilleta l'annuaire de Rocky Ford. Elle y trouva le numéro de la mairie et appela. Une dame fort aimable lui répondit. Au grand désespoir d'Andrea, elle lui expliqua que les premières artères à être dégagées par les chasse-neige étaient celles qui étaient essentielles à la circulation. La rue où habitait Andrea était à la périphérie de la ville dans un endroit peu peuplé. Il lui faudrait donc attendre encore.

Andrea raccrocha et fut prise d'une sorte de fou rire hystérique. La situation dans son ensemble ne s'y prêtait guère, mais au vu des catastrophes qui s'abattaient les unes après les autres sur elle, qu'y pouvait-elle ? Elle songea de nouveau à la mort de Kathleen, et le désir la prit d'en savoir un peu plus. Elle reprit l'annuaire et forma le numéro du domicile personnel de la journaliste.

Ce fut la gouvernante qui lui répondit. Andrea se fit connaître et ajouta :

— Ruth, je suis sous le choc du décès de Kathleen. Mais on m'en a dit très peu. Pouvez-vous m'en parler ?

— Je peux seulement vous dire ce que je sais, mademoiselle. Il y a environ une quinzaine, Kathleen pensait avoir contracté la grippe. Mais elle n'a pas voulu se reposer. Le lendemain, elle s'est réveillée avec une sensation de poids sur la poitrine. Je me suis inquiétée, pensant à une pneumonie, et j'ai insisté pour qu'elle consulte le médecin. Plus tard, ce jour-là, elle m'a appelé de Missoula. Après l'avoir examinée, le médecin lui avait prescrit de nombreuses analyses à faire tout de suite. Je crois pouvoir affirmer qu'elle était quand même inquiète. Elle est restée trois jours à la clinique de Missoula, puis elle est rentrée avec le diagnostic. C'était son cœur. Il m'est difficile de me rappeler tous les termes médicaux qu'elle a employés… En tout cas, elle devait être opérée d'urgence. Les médecins voulaient la garder à Missoula, mais elle avait refusé, parce que, comme elle me l'a dit à son retour, elle ne voulait pas mourir sans mettre de l'ordre dans ses affaires. J'ai cru qu'elle plaisantait, mais voyez-vous, je n'avais pas vraiment réalisé la gravité de son état. Pendant des jours, elle a eu une folle activité, à s'occuper du journal, rendre visite à son comptable et à son notaire et à s'épuiser pour régler tous ces fichus détails.

La voix de Ruth se brisa, mais elle poursuivit :

— L'un de ses dernières tâches a été de vous appeler. A ce moment-là, elle pouvait à peine se déplacer, comme vous avez pu le voir. Elle est morte sur la table d'opération. Ni les médecins ni la clinique ne sont dans leur tort. L'état de Kathleen s'était rapidement dégradé et elle était en danger de mort. Si elle avait accepté d'être opérée immédiatement, elle aurait eu une bonne chance d'être encore vivante aujourd'hui… Je ne vois pas ce que je pourrais vous dire de plus.

Des larmes coulaient sur le visage d'Andrea et c'est d'une voix étouffée qu'elle demanda :

— Quand aura lieu son enterrement ?

— Je suis malade d'avoir à vous le dire, mademoiselle Dillon. Kathleen avait laissé des ordres très stricts ; si elle ne survivait pas à l'opération, elle désirait être immédiatement incinérée.

Sous le choc, Andrea ouvrit de grands yeux.

154

— Ce n'est pas possible !

— C'est triste à dire, mais si. Dès que le temps le permettra, je quitterai sa maison. Pour le moment, la neige a tout bloqué ici.

— Chez moi aussi, dit Andrea d'une voix étranglée. Ruth, merci de m'avoir parlé.

— Vous n'en n'êtes pas plus heureuse pour ça, n'est-ce pas ? Oh, je suis tellement en colère ! Kathleen n'aurait pas dû mourir. En quoi ce damné journal était-il plus important que sa santé ? Enfin, il est inutile d'en discuter davantage. Vous avez été très aimable de m'appeler, mademoiselle Dillon. Peut-être nous reverrons-nous ?

— Peut-être. Au revoir, Ruth.

Les larmes d'Andrea se remirent à couler. Elle pleura d'abord sur Kathleen, puis sur sa dispute avec Shep. Elle l'aimait et probablement ne voudrait-il plus jamais lui parler… Un être humain pouvait-il se sentir aussi malheureux qu'elle, en ce moment précis ?

Pendant ce temps, Shep avait téléphoné chez Myrtle Shank et s'était entretenu avec Lucas. Il aurait bien aimé lui demander s'il savait quelque chose au sujet du carnet d'Andrea. Au lieu de cela, il s'entendit demander :

— Comment allez-vous tous les deux, madame Shank et toi ?

Lucas le rassura et lui demanda s'il avait pu aller travailler.

— Oui, d'une manière sporadique, répondit Shep.

Ils échangèrent ensuite les dernières nouvelles de la météo. Un radoucissement s'amorçait.

— Si tu es prêt à revenir, je pourrais sans doute venir te chercher, papa, proposa Shep.

Il pensait à Jerry et à sa motoneige.

— Seulement quand la rue sera dégagée, Shep. J'ai toujours cru que Myrtle était sans famille, mais elle a une nièce dans l'Arizona chez qui elle va maintenant aller s'installer. Je resterai avec elle jusqu'à ce que la rue soit dégagée.

— Très bien, dit Shep.

Ils bavardèrent encore un moment. Shep parlait d'une chose et pensait à une autre. Il ne parvenait pas à s'ôter de l'esprit le carnet de notes d'Andrea. Le choc qu'il avait éprouvé l'avait poussé à lui parler rudement. Pourtant, il se disait que s'il consultait un psy, celui-ci lui dirait probablement de s'occuper de ses affaires et de laisser Andrea tranquille.

Après avoir pris congé de Lucas, il y réfléchit encore. Il ne trouverait pas le repos, finit-il par admettre, avant d'avoir pris conseil auprès d'un spécialiste. La meilleure personne pour cela était un vieil ami de Californie, le Dr Kyle Simmons. Il ne faisait aucun doute que Kyle serait stupéfait de l'entendre, après son départ précipité de Los Angeles. A l'époque, Shep avait eu un terrible besoin de couper les ponts. Depuis, son état d'esprit avait drastiquement changé, dut-il reconnaître. N'avait-il pas repris le contrôle de sa vie ? N'était-il pas devenu mentalement et physiquement plus fort ?

Oui, oui et encore oui, conclut-il en gagnant sa chambre pour chercher le numéro de téléphone de son ami. Il était parfaitement capable de parler tranquillement à Kyle et, si le nom de Natalie intervenait dans la conversation, il saurait aussi très bien s'en tirer.

Le Dr Simmons était occupé avec un patient, lui dit l'assistante, mais il le rappellerait dès que possible. Shep lui donna son numéro et raccrocha.

Vingt minutes plus tard, le téléphone sonna. Une tasse de café à la main, Shep s'assit pour répondre.

— Allô ?

— Shep, vieux brigand ! Que peux-tu bien faire dans le Montana ? Tu n'imagines pas tous les bruits qui ont couru lorsque tu as disparu.

— Oh si, très bien, répondit sèchement Shep. Et toi, comment vas-tu, Kyle ?

— Toujours beau, riche et affairé, dit Kyle en riant. Mais toi, comment se fait-il que tu te trouves là-bas ?

— C'est chez moi, Kyle. Je te l'avais dit.

— Hum, je suppose que oui. Alors, tu es rentré au bercail ?

— Ecoute, je ne t'ai pas appelé pour être analysé à distance, Kyle. Alors, cesse de te torturer la cervelle.

Kyle se mit à rire.

— D'accord. Quelle que soit ta raison pour appeler, je suis heureux de t'entendre, Shep. A propos, j'ai rencontré Natalie samedi soir. A une réception chez les Rodale. Tout ce qui compte là-bas y était. Elle semblait au mieux avec un acteur. Un certain Hale Jackson.

Shep sentit l'ennui le gagner. Il en avait bien fini avec les « parties » de Hollywood, et il se rendait compte maintenant qu'il ne les avait jamais aimées. Il écouta Kyle un instant puis s'écria :

— Kyle, j'ai un conseil à te demander. C'est à propos d'une amie…

— C'est ce qu'ils disent tous, s'esclaffa son collègue.

— Voyons, Kyle, ne pourrais-tu être sérieux un moment ?

— Oh, oh ! Ne serions-nous pas un peu irritable ? fit l'autre.

— Désolé, mais c'est important.

La voix de Kyle se refroidit un peu …

— Très bien. Je facture les consultations par téléphone, tu le sais ?

— Alors, facture ! Mais réponds-moi d'abord. Voilà : j'ai une amie qui surveille étroitement une famille qu'elle prétend par ailleurs ne pas connaître…

Et Shep déroula son histoire. Kyle posa quelques questions, mais lorsqu'il posa un diagnostic, Shep renâcla.

— Elle n'est pas dérangée, Kyle, dit-il.

— Comment le sais-tu ? Les désordres mentaux se dissimulent sous divers oripeaux, mon garçon. Ton amie me paraît avoir besoin d'une bonne thérapie. Ne pourrais-tu lui conseiller de consulter un psychiatre ?

Shep exhala un soupir découragé. Il ne pouvait pas croire qu'Andrea était une déséquilibrée. Pourtant, son obsession concernant la famille Fanon ne pouvait en aucun cas être considérée comme normale. Seulement, Kyle ne lui avait rien dit qu'il ne sache déjà. Qu'avait-il donc espéré de ce coup de fil ?

— Bon, eh bien, merci d'avoir bien voulu en parler avec moi, dit-il posément

— Cette personne a de l'importance pour toi, n'est-ce pas ? Alors, réfléchis à deux fois avant de t'engager avec une femme qui a une obsession, Shep. C'est le meilleur conseil que je puisse te donner.

— Probablement, admit Shep, juste pour ne pas avoir l'air de le désapprouver.

— Quand reviens-tu en Californie ?

— Je ne reviendrai pas. Au revoir, Kyle. Sois heureux.

Et il raccrocha.

Cet après-midi-là, le téléphone sonna chez Andrea. Elle se précipita pour décrocher, priant pour que ce soit Shep. Mais elle fut tristement déçue.

— Mademoiselle Dillon, c'est Dave Collins. J'ai été le comptable de Kathleen Osterman pendant de nombreuses années.

— C'est très aimable à vous d'appeler, monsieur Collins, dit-elle. Kathleen m'a parlé des arrangements qu'elle a pris avec vous.

— Ah, vraiment ? Dans ce cas, mon appel ne vous surprendra pas comme je le pensais. Mademoiselle Dillon, je m'apprête à fermer les bureaux du journal.

Andrea crut avoir mal entendu.

— Je vous demande pardon ?

— Je vais fermer les bureaux du journal et arrêter les presses.

— Voyons, c'est impossible ! Kathleen m'avait dit qu'elle vous avait donné des instructions explicites pour que le journal continue pendant sa mise en vente.

— Ce qu'a fait Kathleen a été de me donner le pouvoir de vendre le journal, mademoiselle. Sans Kathleen, il n'y a plus de journal. Laissez-moi vous le dire autrement : pour l'instant, le *Rocky Ford News* a une grosse valeur marchande. Ce qui ne sera plus le cas si je laisse des employés incapables le couler.

— Quoi ? Les employés de Kathleen ne sont pas des incapables !

— Je crois en savoir un peu plus que vous à ce sujet, mademoiselle. Si j'ai bien compris, vous n'avez travaillé au journal qu'un seul jour ! Vous n'êtes donc pas qualifiée pour en parler.

— Je l'aurais été s'il n'y avait pas eu la tempête. Monsieur Collins, je vous supplie de reconsidérer votre position. Duane Kemp et les autres ont besoin de leur emploi. Ils sont très compétents et…

— Ce sont des parasites, mademoiselle. Gentils, je vous l'accorde, mais de simples employés qui exécutaient les ordres d'une femme volontaire et très intelligente. Kathleen était l'épine dorsale de l'affaire et rien ne peut survivre sans une épine dorsale.

Un sanglot s'enfla dans la gorge d'Andrea.

— Kathleen ne l'aurait pas voulu, et vous le savez. Comment pouvez-vous agir ainsi et avoir bonne conscience ?

— Je m'occuperai moi-même de ma conscience, mademoiselle Dillon. Vous recevrez un chèque pour votre journée de travail. Bonne nuit.

— Rocky Ford n'aura plus de journal ! s'écria Andrea, rageuse.

Mais la ligne était morte. Dave Collins, un homme à qui Kathleen avait apparemment accordé toute sa confiance, avait raccroché.

12.

Un grondement sourd réveilla Andrea au milieu de la nuit. Sautant du lit, elle traversa la maison comme une flèche jusqu'à la fenêtre du living-room. Les chasse-neige ? Oh, Dieu merci ! se dit-elle. Elle les suivit du regard jusqu'à ce qu'ils aient disparu, puis retourna se coucher. Enfin, songea-t-elle avant de fermer les yeux. Les choses allaient redevenir normales ! Puis elle rouvrit les paupières car, impitoyables, les souvenirs et le chagrin s'acharnaient de nouveau sur elle.

Il lui fallut des heures pour retrouver le sommeil.

Oui, tout redevenait normal, en effet : Andrea prenait son petit déjeuner lorsqu'un inconnu frappa à la porte. Un coup d'œil par la fenêtre lui montra un tracteur muni d'un chasse-neige garé dans la rue. Il ne ressemblait pas à l'équipement communal. Il s'agissait sans doute d'un engin qu'utilisaient généralement les fermiers.

Transportée de joie, Andrea ouvrit et parvint même à sourire.

— Bonjour madame, dit l'homme. Je m'occupe de déblayer les allées. Je dégage la vôtre pour 50 dollars, et mon fils vous tracera un sentier jusqu'à la porte pour 10 de plus.

— Ça marche, dit Andrea sans une seconde d'hésitation.

Si elle ne sortait pas bientôt de cette maison, songeait-elle, elle allait devenir folle.

L'homme toucha le rebord de son chapeau du bout de ses doigts gantés et retourna vers son engin. A son tour, Andrea regagna la cuisine pour terminer son café et observer par la fenêtre le travail efficace des deux fermiers. Ce matin, elle se sentait parcourue d'énergies et d'émotions inhabituelles. Il y avait d'abord la décision insupportable et personnelle de Dave Collins de fermer le journal. Ensuite, l'affirmation intolérable et tout aussi personnelle de Shep de la considérer comme une demeurée, simplement parce qu'elle tenait un journal sur la famille Fanon ! Si l'attitude de Shep la faisait le plus souffrir, celle de Dave la mettait en rage.

Autre chose encore : elle ne pouvait remettre à plus tard sa démarche auprès de Charlie Fanon. Elle était enfin décidée. Quoi qu'il arrive, quelque soit le prix à payer.

Quand l'homme et son fils eurent achevé leur travail, Andrea les paya avec joie. Ensuite, elle gagna sa chambre pour se changer et se maquiller. Après avoir enfilé un épais manteau et pris des gants et une écharpe, elle glissa une enveloppe dans son sac et alla sortir sa voiture du garage.

Sa première visite fut pour les bureaux du journal. Malgré les monticules de neige entassés de part et d'autre des rues, elle parvint finalement à trouver une place pour se garer, pas trop loin du journal, et parcourut le reste de la distance à pied.

Le panneau sur la porte vitrée annonçant que le journal était fermé la fit grincer des dents. La porte était également close, mais, persuadée qu'il y avait quand même quelqu'un à l'intérieur, Andrea tambourina sur le verre épais en criant :

— Duane ? Sally ? Grace ? Il y a quelqu'un ici ?

Tout à coup, Duane apparut et vint lui ouvrir.

— Hello, Duane, dit Andrea. Je peux vous parler une minute ?

— Oui. Entrez, dit-il, l'air sombre.

Andrea obéit. Elle avait envie de hurler. Mais c'en était fini des pleurs et des lamentations inefficaces. Il s'agissait de sa vie, sacré bon sang, et il était temps de la prendre en main, au lieu de se laisser guider par elle.

Duane s'appuya au bureau de la réception avec un soupir.

— De quoi désiriez-vous me parler ?

— Cela ne vous perturbe pas que Dave Collins ferme le journal ?

— A quoi bon ? Kathleen lui a donné une procuration pour en faire ce qu'il en voulait.

— C'est inexact. Kathleen m'a dit clairement qu'elle avait explicitement ordonné à Dave de tout faire pour garder le journal et de le mettre en vente.

Sourcils froncés, Duane la regarda.

— Pourquoi ne nous en n'a-t-elle pas tous informés ?

— Je n'en n'ai aucune idée. Pas plus que je ne sais pourquoi elle m'a engagée. Par contre, je suis certaine qu'elle ne désirait pas fermer le journal. Et elle se fiait à Dave pour suivre ses instructions.

— Croyez-vous qu'elle les ait couchées par écrit ?

— Y-a-t-il un moyen de le découvrir ?

— Une injonction du tribunal ? dit Duane pensif. Pour cela, il nous faudrait engager un avocat et je vous le dis tout net : nous n'en n'avons pas les moyens, Andrea. Surtout maintenant que nous allons devoir vivre sans salaire jusqu'à ce que nous retrouvions du travail.

L'argent, je l'ai, songea Andrea. Mais peut-être y avait-il un autre moyen que de passer par un avocat ?

— Permettez-moi de vous poser une question, Duane, reprit-elle. Est-ce que, à nous quatre, Sally, Grace, vous et moi, nous pourrions fabriquer un bon journal ?

Duane mordilla un instant sa lèvre inférieure.

— Si vous reprenez ce que faisait Kathleen, et que nous autres poursuivions comme d'habitude, pourquoi pas ?

Le cœur d'Andrea se serra. Elle n'était pas Kathleen Osterman ! Qu'importe ! Elle était prête à tenter le coup.

162

— Très bien, dit-elle, affectant une confiance qu'elle était loin de ressentir. Je vais rendre une petite visite à M. Collins. Etes-vous dans l'annuaire ?

Duane hocha la tête.

— Alors, je vous appellerai chez vous un peu plus tard. J'aurai peut-être une bonne nouvelle à vous annoncer, ou peut-être pas. En tout cas, je n'abandonnerai pas sans me battre.

Elle se dirigea vers la porte.

— A plus tard !

Elle avait cherché et mémorisé l'adresse du bureau de Dave Collins et il ne lui fallut que quelques minutes pour s'y rendre. Tête haute, elle franchit le seuil. Une femme était assise derrière un bureau. Andrea avisa plusieurs portes fermées le long des deux murs.

— J'aimerais voir Dave Collins, je vous prie. Est-il là ? dit-elle calmement, d'un ton qui impliquait qu'elle connaissait bien le comptable.

La femme lui sourit.

— Oui, il est là. Qui dois-je annoncer ?

— Andrea Dillon. Dites-lui qu'il est très urgent que je lui parle.

La femme décrocha son téléphone et appuya sur un bouton. Mais lorsqu'elle eut annoncé Andrea, celle-ci vit le visage de son interlocutrice virer à l'écarlate.

— Euh… oui, bafouilla-t-elle. Je m'en occupe.

Elle leva les yeux vers Andrea.

— Je suis désolée, mademoiselle, mais il est débordé de travail et ne peut vous recevoir.

— Il ne vous a pas du tout dit ça, hein ? fit Andrea avec un sourire suave. En réalité, il ne désire pas du tout me parler !

Elle jeta un coup d'œil en direction des portes fermées ; Collins était assurément derrière l'une d'entre elles. Alors, avec un nouveau sourire, elle contourna le bureau et se dirigea vers la porte la plus proche.

— Mademoiselle Dillon, je vous en prie ! suffoqua la femme.

Andrea l'ignora, tourna une poignée et glissa un oeil à l'intérieur d'un bureau.

— Désolée, dit-elle à une jeune femme à l'air surpris.

A la seconde porte par contre, elle avait gagné son pari. Un homme assez fort s'empourpra en l'apercevant.

— Monsieur Collins, je présume ?

Andrea entra et referma la porte derrière elle.

— Jeune femme, je pourrais vous faire arrêter pour cela, fulmina Collins.

Andrea s'assit tranquillement.

— Mais vous n'en ferez rien, n'est-ce pas ? Dave, j'aimerais consulter le document que Kathleen vous a confié, et qui porte sur ses souhaits concernant le journal.

— Ne soyez pas absurde. Mes arrangements avec Kathleen ne vous regardent en rien,

— Ils regarderont peut-être un tribunal !

Les yeux de Collins évitèrent ceux d'Andrea.

— Pensez-vous, Dave, qu'un juge serait intéressé par votre gestion du journal de Kathleen ? demanda-t-elle d'un ton délibérément innocent.

Sa voix changea d'un seul coup, se fit dure et déterminée.

— Vous savez à quoi je pense, mon vieux Dave ? Je pense que vous êtes persuadé que personne n'a suffisamment d'argent pour s'opposer à votre décision de fermer le journal. Eh bien, réfléchissez encore. Vous avez raison pour Duane et les autres employés, mais pas en ce qui me concerne, moi ! Voyez-vous, j'ai beaucoup d'argent, et j'aimerais en dépenser une partie pour battre une canaille comme vous dans un combat juridique qui intéressera le public. Car vous pouvez en être certain, Dave : je mettrai tout en oeuvre pour que l'affaire fasse les gros titres de tous les journaux du Montana. L'argent permet pas mal de choses, vous ne croyez pas ?

— Vous n'avez travaillé qu'un jour pour ce satané journal ! Qu'est-ce qui vous pousse à le prendre de haut avec moi ? fit Dave d'un ton hargneux.

Soudain furieuse, Andrea se pencha vers lui :

— Il se trouve que je tiens à respecter les dernières volontés de Kathleen, imbécile ! Elle vous a fait confiance et vous l'avez laissée tomber. Quelle sorte de professionnel êtes-vous donc ? Quelle sorte d'homme ? Alors, ou vous me montrez les papiers de Kathleen ou bien vous rouvrez le journal demain. Je veux que Duane Kemp et les autres reprennent immédiatement le travail, sinon je vais de ce pas engager le meilleur avocat que l'argent puisse payer, et vous faire expulser de cette ville !

— Vous allez amoindrir son capital, accusa Dave.

— Et alors ? Vous n'en n'êtes pas le bénéficiaire, non ?

Les pupilles d'Andrea se rétrécirent soudain.

— Attendez une minute. En quoi cela vous regarde-t-il ? En termes de dollars et de cents, qu'allez-vous tirer de la vente des biens de Kathleen ?

— Cela non plus ne vous regarde pas.

Mais Andrea savait, maintenant : elle avait mis le doigt dessus. Dave Collins allait recevoir un pourcentage sur la valeur de la succession de Kathleen, une fois le journal vendu ! Bien sûr . Elle aurait dû y songer plus tôt !

Dave Collins ne plastronnait plus. En fait, il transpirait et cela n'avait rien à voir avec la température de la pièce.

Andrea se redressa.

— J'ai tout compris, et vous le savez. A mon avis, il vaut mieux que ce soit vous qui disiez à Duane et aux autres de reprendre le travail demain matin. J'y serai aussi et il vaudra mieux pour vous que les portes soient ouvertes et que les presses fonctionnent de nouveau.

Elle se dirigea vers la porte.

— Le journal est en vente, vous le savez ? cria Collins d'une voix irritée. Aucun d'entre vous n'aura de travail pour bien longtemps. Croyez-moi : vous n'obtiendrez de moi aucune recommandation auprès du nouveau propriétaire.

Andrea s'arrêta et se retourna.

— Gardez vos recommandations dans vos tiroirs ou mouchez-vous avec. C'est comme vous préférez, Dave. Quand le journal sera vendu, les autres employés et moi-même en jugerons. Mais tout cela sera géré comme le souhaitait Kathleen et pas du tout de manière à faire votre propre nid. Au revoir.

Au moment de sortir, Andrea décocha à la réceptionniste inquiète un nouveau sourire doucereux.

— Dave est tout bonnement un chou, n'est-ce pas ? lança-t-elle.

Une fois dehors, un rire intérieur la secoua, qui dura tout au long du chemin vers sa voiture. Elle ne s'était jamais autant payée d'audace. Les tripes, le cerveau et l'argent formaient une combinaison explosive, et il était particulièrement gratifiant de réaliser enfin qu'elle possédait les deux premiers attributs… l'argent en plus !

En vérité, elle n'aurait pas pu être dans un meilleur état d'esprit pour affronter enfin Charlie Fanon. Tout en conduisant en direction de Foxworth Street où il habitait, Andrea se disait qu'il aurait été dommage de laisser s'envoler la crânerie qui l'avait habitée face à Dave Collins. Pourtant, au fur et à mesure qu'elle approchait de sa destination, son estomac commençait à se crisper, et elle dut se forcer au calme. Cette fois, se promit-elle farouchement, elle ne passerait pas devant chez Charlie sans s'arrêter. Elle n'aurait plus peur. Jamais plus elle ne passerait une nuit d'insomnie à se demander comment Charlie Fanon réagirait lorsqu'elle ferait son apparition, documents en main. Ce soir, au moins, elle saurait.

Il n'y avait aucune place pour se garer sur Foxworth, car le bord de la rue, comme partout, était occupé par les immenses tas de neige laissés par les engins de déblayage. Néanmoins, la contre-allée devant chez Charlie était dégagée. Un pick-up blanc y était garé et, pour l'avoir déjà vu, Andrea sut qu'il s'agissait de celui de Charlie. Elle s'engagea hardiment dans l'allée et se gara derrière lui. Avant de couper les gaz, elle respira profondément à plusieurs reprises, mais son cœur battait la chamade, et elle n'y pouvait rien.

— Eh bien, vas-y donc ! murmura-t-elle la main sur la poignée. Elle descendit, ferma doucement la portière, comme si le fait de la claquer aurait pu, mystérieusement, causer quelque dommage à l'environnement.

Ensuite, elle longea un énorme tas de neige et remonta vers le café.

Lucas était de retour chez lui et bien content d'y être. Ce fut Shep qui prépara le petit déjeuner pendant que son père prenait sa douche et se changeait. Ensuite, ils se mirent à table.

— As-tu pu aller travailler à l'hôpital ? questionna Lucas.

Shep lui relata par le menu ses trajets mouvementés à motoneige et avec les propriétaires du 4X4.

Lucas l'écouta et, après un bref commentaire d'ordre météorologique, s'enquit :

— As-tu vu Andrea ? Je me demande comment elle a vécu la tempête ?

C'était l'ouverture qu'attendait Shep.

— Papa, dit-il, autant que tu puisses le savoir, Andrea connaît-elle la famille Fanon ?

Lucas fronça les sourcils.

— Pourquoi cette question ?

— Eh bien, il s'est passé quelque chose de très bizarre, et depuis, je me perds en conjectures.

— Bon, dis-le, mon garçon. Qu'est-il arrivé ?

Shep posa son sandwich entamé sur son assiette.

— Pendant le gros de la tempête, expliqua-t-il, j'ai passé pas mal de temps avec Andrea et…

Lucas eut un large sourire.

— Ah bon ? Je ne t'en blâme pas. C'est vraiment une petite femme très spéciale.

— En effet, répondit calmement Shep.

Et soudain, il se rendit compte qu'il lui était impossible de parler du carnet d'Andrea. Pas plus à son père qu'à n'importe quel autre habitant de Rocky Ford, et ceci exactement pour cette raison : Andrea était en effet quelqu'un de très spécial. Tellement, même, qu'il en était tombé amoureux. De ce genre d'amour qui rime avec toujours et qu'il n'avait jamais connu.

Il se cala sur sa chaise, étourdi par cette révélation inattendue.

— Eh bien, demanda Lucas, qu'est-il arrivé de si bizarre ?

— Euh… elle a parlé des Fanon et j'étais resté sur l'impression qu'elle ne les connaissait pas.

— Qu'y a-t-il de si étrange ? Peut-être qu'elle les connaît, ou tout au moins l'un d'entre eux ?

— Possible, marmonna Shep qui souhaitait n'avoir jamais engagé la conversation.

Il mordit dans son sandwich et, tout en mâchant, songea qu'il devait absolument voir Andrea et s'excuser. Le plus tôt serait le mieux. Dès qu'il aurait fini de déjeuner, en fait.

Et si Andrea n'acceptait pas ses excuses ? se demanda-t-il. Si elle était trop en colère pour accepter de lui parler encore ? Elle en avait parfaitement le droit. Et là, Shep commença en son for intérieur à battre sa coulpe. Il passa en revue les propos qu'il avait tenus à Andrea et se rappela qu'il l'avait carrément accusée d'être anormale. Si Andrea ne voulait pas lui donner d'explications, qui était-il donc pour décider de ce qu'elle pouvait ou ne pouvait pas lui révéler ?

Pourtant… Non, plus de *pourtant*, plus de *mais*. Il l'aimait et si elle le payait de retour, que dire de plus ? En fait, il possédait un sacré bon argument en faveur d'une relation durable : il accepterait ses particularités et elle accepterait les siennes, et tout serait dit. Mais qu'en penserait-elle ?

Eh bien oui, il devait maintenant découvrir la réponse d'Andrea. Et tout de suite !

Il repoussa sa chaise et dit à son père :

— J'ai quelque chose à voir avec Andrea. A tout à l'heure ?

Lucas émit un léger gloussement et regarda son fils enfiler sa veste à la hâte et disparaître par la porte principale. Son fils était un garçon super et Andrea était une jeune femme super. A son avis, ils formeraient un couple génial.

Shep descendit l'allée vers la rue en fermant sa veste. Un instant après, il escaladait quatre à quatre les marches menant au seuil d'Andrea et frappa à la porte. Au bout d'une minute, il frappa encore.

— Andrea ?

Zut ! se dit-il. Elle devait être sortie. Ah oui ! Elle devait être au journal. Elle venait juste de commencer à travailler quand la tempête avait bloqué la ville. Il était naturel qu'elle se hâte d'y retourner dès que possible.

Il revint donc chez son père. De là, il pourrait guetter le retour d'Andrea.

Le café de Charlie s'appelait tout simplement « Chez Charlie ». Andrea ouvrit la porte et entendit tinter un petit carillon. Levant les yeux, elle l'aperçut et pour une raison inconnue se sentit moins tendue.

— Bonjour !

Il n'y avait qu'une personne dans la salle et c'était Charlie Fanon. Il se tenait derrière le comptoir et arborait le sourire le plus amical qu'Andrea ait jamais vu.

— Bonjour, dit-elle d'une voix timide.

— Entrez donc, l'invita Charlie. Il n'y a pas trop de monde par ici.

Andrea contempla les tables vides et les tabourets de bar désertés, et Charlie se mit à rire.

— L'heure de pointe du matin est passée, mademoiselle. De plus, je n'ai pas fait trop d'affaires depuis le début de la tempête. Les gens ne pouvaient plus sortir et maintenant, ils n'ont plus de place pour garer leur voiture ! S'ils ne vivent pas à un jet de pierre, ils ne viennent pas. Asseyez-vous où vous voudrez. Une tasse de café ? C'est le meilleur de la ville, je vous le garantis.

— Ça sent très bon chez vous.

— Je mouds moi-même mes grains. C'est cette odeur que vous sentez. Rien de meilleur que l'arôme du café moulu.

Andrea lui dédia un faible sourire et se percha sur un tabouret. Charlie remplit une tasse et la plaça devant elle.

— Crème ou sucre ? De la vraie crème, pas de la contrefaçon ?

— Je… chez moi, je mets du lait.

— J'en ai aussi, si vous préférez.

Il sortit un carton de lait d'un petit réfrigérateur, pendant qu'Andrea lui décochait de rapides coups d'œil, étudiant ses traits. Il avait probablement dû être un homme très séduisant dans sa jeunesse, car il avait encore belle allure. Pourtant, elle ne se trouvait aucune ressemblance avec lui. Pourquoi, du reste, lui aurait-elle ressemblé, puisqu'on lui avait toujours dit qu'elle était le portrait de sa mère ?

— Je vous ai déjà vue, déclara Charlie en posant un petit pichet de lait près de sa tasse. Voyons, où était-ce ? Ah, je me souviens : vous étiez au mariage de Serena.

Andrea remua son café puis en but une gorgée.

— Délicieux, murmura-t-elle.

— Je vous l'avais bien dit ! Alors, je ne me suis pas trompé ? Vous étiez bien au mariage de ma fille ?

— Oui, répondit doucement Andrea. Et aussi au mariage de votre nièce… et un jour, je vous ai suivi à l'église et je me suis assise derrière vous pour que vous ne me voyiez pas.

Charlie s'immobilisa.

— Vous avez fait tout ça ? Comment vous appelez-vous ?

— Andrea Dillon.

— Et moi Charlie Fanon.

— Je sais.

— Ah oui ? Alors vous connaissez Serena ?

— Non. Ni Lola, ni Candace ni aucun de leurs maris. Mais je sais qui ils sont tous.

Charlie secoua la tête.

— Vous m'intriguez, mademoiselle Dillon.

— Je suis désolée… ceci… ceci est très difficile.

C'était une chance, songea Andrea, d'arriver à une heure où Charlie n'avait pas de clients. Elle vit ses pupilles se rétrécir.

— Qu'est-ce qui est difficile, mademoiselle ?

Soudain, un nuage de crainte assombrit son visage.

— Vous dites que vous connaissez tous les membres de ma famille… Quelque chose est arrivé à l'un des miens ?

— Non ! Non ! Je vous en prie, je ne voulais pas vous inquiéter.

Charlie s'installa sur un tabouret derrière le comptoir.

— Vous êtes venue ici pour me dire quelque chose ? De quoi s'agit-il ?

Les mains d'Andrea tremblaient sur son sac d'où elle tira une grande enveloppe.

— Je vais essayer d'être simple…

Elle réalisa que sa voix tremblait autant que ses mains.

— Vous avez été autrefois marié à Sandra Keller…

Keller était le nom de jeune fille de sa mère.

— Oui, répondit Charlie d'un ton prudent.

— Elle… c'est ma mère. Ou du moins, elle l'était jusqu'à sa mort, en février dernier.

La voix d'Andrea était si faible qu'elle pouvait à peine s'entendre elle-même. Elle s'éclaircit la gorge.

— Je… j'ai des raisons de penser que vous êtes mon père.

Charlie parut sur le point de dire quelque chose, mais Andrea ne lui laissa pas le temps de parler. Elle était allée trop loin maintenant, elle devait à tout prix en finir.

— Voyez-vous, lors de votre divorce, elle était enceinte. Je ne pense pas qu'elle ait été au courant alors et, quand elle l'a appris, elle s'est remariée avec un homme qui s'appelait Harry Dillon. C'est son nom qui figure sur mon acte de naissance. Mais… les dates ne coïncident pas. Quoi qu'il en soit, après la mort de ma mère, je suis entrée en contact avec M. Dillon et c'est lui qui m'a tout expliqué. Il l'aimait tellement, voyez-vous, qu'il avait accepté cette fausse paternité.

La voix d'Andrea se voila de tristesse.

— Ensuite… elle a quitté M. Dillon avant même ma première année, et je ne l'ai jamais connu. C'est un homme très gentil. Du moins, il l'était lorsque je suis allée le voir, en février dernier.

L'expression de choc qu'exprimait le visage de Charlie commençait à s'estomper. Andrea fouilla l'enveloppe.

— Voici une copie des papiers du divorce et de mon acte de naissance.

Charlie prit les documents et les examina. Au bout d'un moment, il releva les yeux pour scruter le visage d'Andrea.

— Vous lui ressemblez, dit-il.

— Je le sais.

— Etes-vous réellement ma fille ?

— Je… je le crois, murmura-t-elle.

Des larmes emplirent soudain les yeux de Charlie.

— Et je ne l'ai jamais su ! Comment Sandra a-t-elle pu être si cruelle ? Elle aurait dû me le faire savoir.

— Elle n'a jamais repris contact avec vous, après le divorce ?

— Même pas pour savoir si ses enfants allaient bien !

Andrea poussa une exclamation étouffée.

— Serena et Ron ? Oh, j'avais tant espéré qu'ils seraient mon frère et ma sœur, mais…

Elle s'interrompit et regarda Charlie. Il avait couvert ses yeux de sa main et semblait pleurer.

Etait-ce des larmes de joie ? De regret ? De tristesse ? Oh, et puis zut, se dit Andrea laissant libre cours à ses émotions. Des larmes se mirent à couler le long de ses joues et elle s'essuya le nez avec un mouchoir en papier qu'elle tira de son sac. Charlie prit une serviette et se tamponna les yeux.

— Il y a encore des choses que vous devez savoir, dit-il. Quand votre mère m'a quitté en Californie, elle désirait une rupture nette. Elle ne voulait plus ni de moi, ni de ses deux bébés. Elle s'est contentée de partir et d'aller divorcer dans le Nevada. Après, je n'ai plus jamais rien su d'elle. Je m'entêtais à penser que ses sentiments changeraient un jour et qu'elle voudrait revoir ses enfants. Ce n'est jamais arrivé. Alors, au bout d'un certain temps, je suis venu m'installer à Rocky Ford avec mes deux gamins. Quand Serena et Ron sont devenus assez grands pour poser des questions sur leur mère, je n'ai pas pu leur avouer qu'elle n'avait tout simplement pas voulu d'eux. Quel enfant pourrait supporter de savoir que sa mère ne veut rien avoir à faire avec lui ?

Charlie soupira.

— Enfin, je leur ai menti. J'ai menti à mon petit garçon et à ma petite fille ; je leur ai dit que leur mère était morte avant qu'ils puissent se souvenir d'elle.

Andrea enfouit son visage entre ses mains.

— Et moi, j'ai grandi en croyant que mon père ne voulait pas de moi.

Elle se mit à sangloter, sans voir que Charlie était descendu de son tabouret et faisait le tour du comptoir. Puis elle sentit le contact de ses mains sur ses épaules. Il fit pivoter le tabouret où elle était assise et l'entoura de ses bras.

— Votre père aurait voulu de vous s'il avait appris votre existence, souffla-t-il.

Andrea perdit alors toute maîtrise d'elle-même. Elle se mit à sangloter éperdument contre la chemise de Charlie pendant qu'il lui tapotait le dos et disait :

— Là, là ! Ne pleure pas, mon enfant. Tout ira bien maintenant, tu verras.

— Je... j'avais tellement peur de venir ici, dit-elle d'une voix à la limite de l'incohérence, tant ses sanglots étaient violents.

— Pourquoi avoir si peur de rencontrer ton père ?

— Je ne sais pas. D'abord, je me suis posé des questions à propos de Lola, et si tu t'étais remarié et avais fondé une nouvelle famille... Un jour, j'ai lu dans un journal la fin tragique de Ron. Toute la famille était mentionnée dans le faire-part de décès et c'est ainsi que j'ai appris l'existence de Serena.

Un nouvel accès de sanglots la secoua.

— Ma mère m'a empêchée de jamais connaître mon frère.

— A-t-elle été bonne avec toi, Andrea ?

— Je... je ne peux pas répondre pour l'instant ; j'ai besoin d'y réfléchir. Mais comment une personne possédant au moins une étincelle de bonté pourrait-elle agir comme elle l'a fait ?

— Eh bien, au moins, elle ne t'a pas abandonnée lorsqu'elle a appris qu'elle t'attendait, remarqua Charlie. Tu vois ? Elle avait quelques bons côtés.

Andrea s'écarta de lui, de manière à voir son visage.

— Comment peux-tu être si bienveillant après ce qu'elle t'a fait ?

174

Charlie se contenta de sourire un peu tristement.

— Que vas-tu dire à Serena à mon sujet ? demanda encore Andrea.

— La vérité.

— Dans ce cas, il faudra aussi que tu avoues lui avoir menti en lui disant que sa mère est morte lorsqu'elle était bébé.

— Je sais.

— Charlie, je ne suis pas venue ici pour te causer du chagrin.

— Tu avais la meilleure raison qui soit, et j'en suis très heureux, chérie.

Charlie repoussa les boucles de cheveux auburn collées par les larmes sur le front d'Andrea.

— Crois-tu pouvoir m'appeler papa ?

Le cœur d'Andrea flancha de nouveau.

— Oui, oh oui… papa.

Épilogue

Il fut décidé que toute la famille se retrouverait chez Charlie quatre soirs plus tard. Charlie téléphona à Andrea pour lui dire que tout le monde insistait pour faire sa connaissance au plus vite.

— Cela ne t'ennuiera pas, papa, si j'amène un ami ? lui demanda Andrea.

Lui dire papa était un tel bonheur qu'elle en avait chaque fois les larmes aux yeux.

— Un ami, ma chérie ?

— L'homme que je vais épouser, le Dr Shepler Wilde.

— Tu peux amener ton fiancé, bien entendu ! Il s'appelle Wilde ? A-t-il un lien de parenté avec Lucas Wilde, par hasard ?

— C'est son fils.

— Sacrebleu, un garçon d'ici ! Et médecin, par dessus le marché ! Tu sais, les filles ont prévu un buffet, alors viens vers 6 heures. Ça ira avec tes horaires de travail ?

— Parfaitement. Nous serons là tous les deux. Au fait, papa… comment va Serena ?

— Serena va très bien. Tu le verras par toi-même.

Après avoir raccroché, elle regarda Shep.

— J'aurais dû te demander ton avis avant. Je suis désolée.

— Ne t'en fais pas pour moi. Je t'accompagnerai parce que j'en ai envie.

Par-dessus la table, il lui saisit la main. Ils étaient tous deux à peine vêtus, suffisamment en tout cas pour être décents pendant qu'ils se restauraient rapidement. Après la révélation fracassante d'Andrea, Shep avait voulu l'entendre raconter toute l'histoire, ce qu'elle s'était empressée de faire. Plusieurs heures après, ils avaient réalisé qu'ils mouraient de faim et s'étaient précipité dans la cuisine pour tirer quelque chose des maigres provisions d'Andrea.

Peu leur importait ce qui se trouvait sur la table, cependant. Il y avait tant d'allégresse et d'excitation dans la petite cuisine ! Shep avait appelé Lucas cinq minutes avant le coup de téléphone de Charlie, et son père avait été plus qu'enchanté d'apprendre la nouvelle de leurs fiançailles.

— As-tu vraiment réalisé ? demanda Shep à sa bien-aimée en lui pressant la main.

— Quoi donc ?

— Une fois mariés, nous aurons deux pères.

— Oh, Shep, tu as raison.

Des larmes lui montèrent aux yeux.

— Lucas et Charlie… Oh , je suis la plus heureuse des femmes !

Mais cela n'avait pas toujours été le cas. En se remémorant son passé, chaque jour à son travail, Andrea ne put que s'inquiéter au sujet de la fameuse soirée familiale. A jongler avec ce souci tout en essayant de se concentrer sur le journal, elle eut l'esprit tellement occupé que les jours passèrent à la vitesse de l'éclair.

Son inquiétude augmenta durant le trajet en voiture pour aller chercher Shep, le soir prévu pour la réunion des Fanon. Il était tout à fait naturel qu'ils aient tous envie de faire la connaissance d'Andrea. Mais rien ne garantissait qu'ils ne jouent pas un peu la comédie à Charlie ; ils pouvaient très bien faire semblant d'être aussi ravis que lui de l'entrée de sa nouvelle fille dans le cercle de famille. Il ressortait de tout ceci qu'à la perspective de faire leur connaissance, et en particulier celle de Serena, Andrea n'était plus qu'un paquet de nerfs. Elle se rendait compte qu'elle allait être un rappel permanent du long mensonge de Charlie. En outre, elle avait été élevée par Sandra, ce qui n'était pas le cas de Serena. Il aurait fallu être une femme à l'esprit extrêmement ouvert pour immédiatement pardonner et oublier. Il ne serait donc pas anormal que celle-ci éprouve un certain ressentiment à l'égard de cette sœur inconnue.

Shep fut adorable avec elle pendant le trajet vers la maison de Charlie. Il tenta de la distraire avec des plaisanteries et des histoires sur l'hôpital. Ils étaient presque arrivés lorsqu'il reprit son sérieux.

— Andrea, dit-il, j'ai passé toute la journée à réfléchir à quelque chose.

— Moi aussi, tu peux me croire.

— Cela me concerne. Enfin, *nous* concerne. J'aimerais ouvrir mon propre cabinet de médecine générale, en me spécialisant en chirurgie. J'ai toujours désiré me consacrer aux victimes d'accidents et aux malheureux qui sont nés avec des malformations congénitales. Mais cela m'obligera à contracter un emprunt, car j'aurai un équipement à acheter. Se mettre en ménage avec une lourde dette pourrait s'avérer assez dur, aussi si tu émets la moindre objection…

Dans la faible lueur du tableau de bord, Andrea pivota sur son siège pour le regarder.

— Je suis si fière de toi que j'en pleurerais, dit-elle. Je t'en supplie, ouvre-le, ce cabinet !

Elle était sur le point de lui offrir chaque sou de son héritage, lorsqu'une nouvelle idée la frappa.

— Shep, arrête la voiture.

— Quoi ?

— Je t'en prie. J'ai quelque chose à te dire et nous sommes presque arrivés.

Shep lui jeta un coup d'œil anxieux avant de s'engager et d'arrêter la voiture dans l'aire de parking d'un restaurant. Puis il se tourna vers elle :

— Maintenant, dis-moi. Qu'est-ce qui ne va pas ?

— C'est à propos de mon héritage…

— J'ignorais que tu avais hérité. Que veux-tu dire ?

— Qu'il ne m'appartient pas entièrement ! Tu ne le vois pas ? Ma mère avait deux autres enfants. Son héritage devrait être partagé en trois !

Shep hocha la tête.

— Tu as raison.

Andrea se mordit la lèvre inférieure.

— Comment a-t-elle pu ainsi écarter Serena et Ron de sa vie ? Shep, j'ai vraiment essayé de ne pas voir en elle une égoïste, mais comment faire autrement ? Elle a abandonné deux petits enfants et ne leur a apparemment plus accordé une seule pensée. Je… je ne parviens pas à l'admettre.

— Bien entendu, tu ne le peux pas ! Parce que tu tiens plus de Charlie que d'elle.

Les yeux d'Andrea s'embuèrent de larmes.

— Oh, j'espère que c'est vrai. J'ai tout le temps pensé que Serena pouvait m'en vouloir d'avoir grandi avec maman, mais en fait, la plus heureuse des deux, c'est elle, pas moi !

— Oui, approuva Shep. Maintenant, cesse de te faire du mauvais sang. Tu pourras aller consulter un avocat pour qu'il procède au partage des biens.

Andrea lui dédia un pâle sourire.

— Serena est avocate. Je suis certaine qu'elle pourra s'occuper des détails.

— J'en suis sûr.

Shep se pencha et l'embrassa.

— On va voir ta famille, maintenant ?

Andrea approuva de la tête et Shep réintégra la chaussée.

— Une chose encore, chéri, reprit Andrea. Puisque, normalement, l'héritage aurait dû être partagé en trois parts, je veux que tu utilises la troisième pour ouvrir ton cabinet.

— Non, Andrea. Je préfère emprunter à la banque.

— Mais ça n'a pas de sens ! Nous ne devrions pas commencer notre vie conjugale avec des dettes ?

— Tu as raison, cependant je me sentirais toujours financièrement dépendant de toi. Chérie, laisse-moi me débrouiller tout seul et je t'en prie, n'en sois pas fâchée.

Il garda un instant le silence avant de reprendre d'un ton plus tranquille :

— J'ai laissé le père de Natalie financer mon cabinet de Los Angeles, Andrea. Ce fut une énorme erreur.

— Mais je ne suis pas Natalie, murmura-t-elle.

Shep quitta un instant la route des yeux pour lui adresser un regard aimant.

— Dieu merci !

— Tu dois me laisser t'aider, Shep. Tu le dois.

Un nœud se forma soudain dans l'estomac d'Andrea.

— Oh, nous sommes arrivés !

Il y avait trois véhicules inconnus dans l'allée de Charlie, mais il restait une place pour une autre voiture. Shep s'y engagea et coupa le moteur.

La dernière chose que fit Andrea avant de sauter à terre fut d'agripper la main de Shep et de chuchoter :

— Shep, je suis terrifiée.

En quittant la maison de Charlie à 10 heures, car Shep devait commencer sa garde à 11 heures, Andrea avait des étoiles plein les yeux.

— Ils sont tous merveilleux, s'écria-t-elle. Oh, Shep, ils ont été si gentils avec moi !

— Rien de plus normal.

— Serena et moi devons nous retrouver demain pour déjeuner ensemble. Elle dit qu'elle veut me connaître mieux.

Shep était déjà au courant, mais il sourit et hocha la tête.

— C'est une femme géniale.

— Lola et Candace également. Et leurs maris. As-tu apprécié leurs maris ?

— Je connais Duke depuis mon enfance, chérie. Quant à Burke et Trav, ce sont des types épatants. Oui, j'aime bien aussi tous les maris.

— Et as-tu jamais vu un enfant aussi mignon que Ronnie ?

— Non, chérie. Jamais.

Andrea poussa un soupir heureux. Au bout de quelques instants, elle reprit la parole :

— Je n'arrive toujours pas à croire qu'ils aient refusé leur part de l'héritage de ma mère.

Elle fronça les sourcils.

— Non, c'est inexact. Si j'étais à leur place, j'en aurais fait autant.

— Tout comme moi, admit Shep. Sandra n'a pas voulu d'eux et maintenant, ils ne veulent rien d'elle. Ne les blâme surtout pas. En fait, j'apprécie et j'admire leur fierté.

Andrea le regarda.

— Et si nous parlions de la tienne ?

— Andrea, je n'ai pas l'intention de me servir de ton argent. Cela créerait des problèmes entre nous, je peux te le garantir. Peut-être pas demain ou dans un an, mais un jour, tu m'en voudrais d'avoir accepté ton argent.

— Très bien. Et si je te consentais un prêt ?

— Un prêt ?

— Fais-moi un emprunt à moi, au lieu de le faire à la banque. Nous sommes suffisamment intelligents pour nous entendre sur des termes raisonnables, Shep. De cette manière, tu ne te sentiras pas endetté vis-à-vis de moi et je n'aurai jamais aucune raison de t'en vouloir.

Il lui jeta un coup d'œil.

— Tu es une jolie petite coquine, tu sais ça ?

— Alors, tu le feras ?

— Je vais y réfléchir.

Andrea détacha sa ceinture de sécurité et glissa sur son siège pour se lover contre lui.

— Attache ta ceinture, dit Shep. Les routes sont glissantes et je ne veux pas te voir aux urgences ce soir.

Elle lui obéit et se blottit de nouveau contre l'épaule de Shep.

— Je n'arrive pas à croire que tout se soit si bien passé, dit-elle avec un long soupir satisfait. Je n'ai qu'un seul regret : celui de ne pas être allée directement chez mon père quand je suis arrivée à Rocky Ford, au printemps dernier.

— Apparemment, le moment n'était pas encore venu, fit-il, diplomate.

— Je le suppose…

— Dis-moi, mon doux petit, comment se fait-il que tu ne te sois jamais fait capturer par un homme en Californie ?

Andrea haussa son épaule libre.

— Ce n'est pas arrivé. Tout simplement.

— Es-tu en train de me dire que tu n'es jamais tombée amoureuse ?

Andrea lui décocha un sourire taquin.

— Et toi, serais-tu en train de me tirer les vers du nez sur ma vie amoureuse, par hasard ?

— Possible…

Shep laissa fuser un petit rire.

— Non, sérieusement, je n'arrive pas à croire qu'une femme telle que toi n'ait pas traîné des hordes d'hommes derrière elle ?

— Aucune horde, répondit Andrea sur le ton de la boutade.

Elle attendit quelques instants avant de reprendre :

— Il y a eu quelques hommes, mais je n'ai jamais été amoureuse et cela n'a jamais duré.

— Mais tu es sortie avec eux ?

— Oh oui. Au moment où j'ai quitté la Californie, je sortais avec un acteur.

— Un acteur ? Tu plaisantes ?

— Un très gentil garçon, en fait. Une fois oublié son incroyable vanité… Hale a un très agréable sens de l'humour et je m'amusais beaucoup lorsque je sortais avec lui.

Hale ? Shep fronça les sourcils. Où avait-il déjà entendu ce prénom ? Puis il se souvint :

— Quel est le nom de famille de Hale ? demanda-t-il d'un ton désinvolte.

— Jackson. Il a joué dans quelques films, alors tu l'as peut-être déjà vu ?

Lorsque Shep éclata d'un énorme rire, Andrea sursauta.

— Ai-je dit quelque chose de drôle ?

Shep ne pouvait s'arrêter de rire et il dut se ranger sur le bas-côté de la route pour s'essuyer les yeux.

— Shep, demanda Andrea, qu'y a-t-il de si désopilant ?

Il finit par se calmer suffisamment pour lui répondre.

— Il y a peu, je me suis entretenu avec un ami qui vit à Los Angeles. Il n'a jamais été connu pour son tact et il m'a raconté qu'il avait rencontré Natalie au cours d'une réception. Je m'en souviens maintenant : il m'a dit qu'elle était avec un acteur du nom de Hale Jackson. Il a un rôle dans le dernier film du père de Natalie.

— Eh bien, bravo pour Hale, déclara Andrea.

— Tu ne saisis pas la drôlerie de la chose ? s'enquit Shep.

— Pas vraiment. Le vieux proverbe qui prétend que le monde est petit est exact, Shep.

Elle se pelotonna plus près de lui.

— Et puis tu sais, je préfère penser à nous.

Elle pointa le menton vers Shep et le regarda.

— Incidemment, au cas où tu te poserais la question, je n'ai jamais couché avec lui.

Shep lui décocha un grand sourire.

— Je ne te l'aurais jamais demandé, mais merci pour la bonne nouvelle !

Il remit le moteur en marche.

— Les amoureux de Noël, murmura Andrea.

— Pardon ? Je ne t'ai pas entendue.

— J'ai dit : les amoureux de Noël. Nous nous sommes rencontrés et sommes tombés amoureux le jour de Noël. Donc, nous sommes les amoureux de Noël ?

Shep hocha la tête, puis sa main droite lâcha le volant et il attira Andrea plus près de lui. Tendrement, ses lèvres lui effleurèrent le front.

— Tu as raison, chérie. Tout à fait raison…

Le nouveau visage
de la collection Or

◆

AMOURS D'AUJOURD'HUI

Afin de mieux exprimer sa modernité et de vous séduire encore davantage, votre collection Or a changé de couverture et de nom depuis le 1er mars 1995.

Rassurez-vous, les romans, eux, ne changent pas, et vous pourrez retrouver dans la collection **Amours d'Aujourd'hui** tous vos auteurs préférés.

Comme chaque mois, en effet, vous y attendent des héros d'aujourd'hui, aux prises avec des passions fortes et des situations difficiles...

COLLECTION
AMOURS D'AUJOURD'HUI :
Quand l'amour guérit des blessures de la vie...

Chère lectrice,

Vous nous êtes fidèle depuis longtemps?
Vous venez de faire notre connaissance?

C'est pour votre plaisir que nous avons
imaginé un rendez-vous chaque mois
avec vos auteurs préférés, vos
AUTEURS VEDETTE dans les
collections Azur et Horizon.

Les AUTEURS VEDETTE vous
donneront rendez-vous pour de
nouveaux livres vedette.

Pour les reconnaître, cherchez
l'étoile... Elle vous guidera!

Éditions Harlequin

AUT-R-R